KB266391

나는 이렇게 나이 들기로 했다

나는 이렇게 나이 들기로 했다

나는 이렇게
나이 들기로 했다

신은경 지음

샘터

오랫동안 KBS 레전드 아나운서로 그를 추앙했는데, 글 쓰는 신은경은 나날이 싱싱해져 '나이 듦의 어떤 경지'를 만들어 낸다. 일찍이 피천득 선생이 그러했듯, 겸손이 깊어지면 주어는 이런 동사들을 만날 수 있구나, 감탄하며. 일기를 쓰고 일기를 찢고, 치매 검사를 하고 프랑스어를 익히고, 팍팍한 세상을 위해 '살신성소'하며 아낌없이 패배와 귀여움을 나누는 신은경의 문장들. 그렇게 맑은 인품으로 해상도를 높인 그의 일상이 헤드라이트처럼 앞날을 비출 때, 내 노년마저 환해지는 기적이라니! 가끔은 라면도 끓여 먹고 양미리도 구워 먹고 스쾃도 하고 휘파람도 불며, '나는 신은경처럼 나이 들기로 했다.' 세상은 작은 성실로 아름답다는 신은경의 응원가, 깨알같이 다정한 '정속 노화'의 정공법을 만나보시길.

김지수 (기자,《이어령의 마지막 수업》 저자)

　노인은 늘어나지만, 어른은 드물어 보이는 요즘 우리에게 필요한 책. 남들이 행운의 네잎클로버만 찾아다닐 때 행복의 세잎클로버를 어여삐 보는 작가의 맑은 시선, 마음이 답답할 때는 안개꽃, 커피, 무지개같이 마음을 보드랍게 해주는 컴포트 워드를 쓰고 읽어보라는 섬세한 처방, 함부로 단정적으로 말하지 않겠다는 자세에 절로 감탄하게 된다. 이 책은 힘껏 잡고 있던 인생의 동아줄을 놓을 때 찾아오는 또 다른 아름다운 풍경을 담고 있다. 치열하게 먼저 살아본 인생 선배가 들려주는 따뜻하면서도 다사로운 이 메시지를 일과 가정과 삶의 조화를 이루고 싶은 이들에게 권한다.

박산호 (번역가,《어른의 문장들》 저자)

중학교 2학년 때였습니다. 사회를 가르쳐 주시는 선생님께서 제게 손에 쏘옥 들어오는 잡지 한 권을 선물해 주셨습니다. '샘터'. 전서로 쓰인 정갈한 제목 위에 자그마한 글씨의 부제가 마음에 들었습니다. '평범한 사람들의 행복을 위한 잡지'. 중학생이 보기엔 수준 높은 주옥같은 글들이 실려 있었습니다. 선생님께서 나를 꽤 수준 높은 학생으로 보아주신 것 같아 뿌듯해하며, 나도 커서 이 잡지에 글 한 번 써보면 좋겠다는 소망을 갖게 되었습니다. 덧붙여 내 이름 붙은 책 한 권을 내보는 게 큰 소원이 되었습니다. 그런데 샘터에서 제 책이 나옵니다. 이번에 나오는 책은 저의 열한 번째 책입니다. 제 인생에 이만한 큰 성공이 없습니다.

*

이 책은 지난 13년 동안 노인 세대를 대변하는 신문인 〈백세시대〉 '금요칼럼'에 연재했던 100여 편의 글 가운데 2018년 이후의 글을 중심으로 엮었습니다. 또한 지난 2년 동안 치매 전문 온라인 신문 〈디멘시아뉴스〉에 쓴 글도 함께 묶었습니다. 글을 다시 다듬고, 지면에 미처 담지 못한 이야기들도 덧붙였습니다. 그사이 저는 두 번째 서른을 넘기고, 시니어 대열에 당당히 함께하게 되었습니다.

제 글이 품고 있는 핵심 단어는 '위로'입니다. 누군가에게 저의 나이 들어가는 모습이 위로가 되기를 바랍니다. 제가 살아가는 모습을 보시고 나이 드는 것도 그리 나쁘지 않은 일이라는 것을 느끼게 된다면 그보다 더 좋을 수가 없을 것입니다.

조용히 사는 것도 생산적일 수 있다는 것, 한 번의 큰 행운보다 날마다 작은 행복이 더 낫다는 것, 내가 사는 작은 공간도 위로가 된다는 것, 그런 것들을 공감하며 여유롭게, 단단하게, 상처받지 말고, 당당하게 살아 나갈 수 있다면 좋겠습니다.

*

　《나는 이렇게 나이 들기로 했다》는 크게 4부로 되어 있습니다.

　1부의 제목은 시니어로 접어드는 저의 적응 단계 이야기, '나를 받아들이는 나이가 되었다'입니다. 나이 듦은 저에게도 처음 맞이하는 손님이어서 어색하고 당황스러웠습니다. 그러면서도 차츰 적응해 나가며 숙제를 풀어가는 과정을 썼습니다.

　2부에서는 몸을 돌보고 마음을 아끼는 법을 이야기했습니다. 나이 든다는 것은 한 치의 오차도 없이 거울 앞에서 드러났습니다. 조금씩 허약해지는 몸도 돌봐야 했고, 함께 무너지는 마음도 추슬러야 했습니다.

　나이 들어갈수록 인생의 무게가 가벼운 게 좋습니다. 옷도 가방도 무거우면 힘에 부치는 것처럼, 덜 가지고 더 누리며 가볍게 사는 연습을 했습니다. 마음에 욕심이 남아 있으면, 특히 물욕이 남아 있으면 평안을 이루기 어렵습니다. 3부에 그 이야기를 모았습니다.

　마지막으로 4부에서는 옷깃을 여미고, 고요한 묵상의 시간을 가져보았습니다. 내 입의 말과 마음을 정돈하는 삶,

놓아버릴 것과 남길 것을 분별하는 혜안, 기품 있게 사는 법, 위엄을 잃지 않고 고요한 행복을 느끼며 사는 꿈을 꾸어봅니다.

＊

이 책은 저와 함께 나이 들어가는 동년배분들이 읽고 공감해 주셔도 감사하겠지만, 50대, 40대 '젊은이'들이 읽어주시면 더 좋을 것 같습니다. 어떻게 나이 들어갈까 하는 문제는 젊어서부터 준비하고 이른 나이부터 적응해 나가야 하는 인생의 과제이기 때문입니다.

제 이야기는 결코 정답이 아닙니다. 고군분투하며 세 번째 서른을 살고 있는 저의 이야기를 함께 읽어주시다가, 자신의 미래를 멋지게 새롭게 그려보시면 좋을 것 같습니다.

독자 여러분의 빛나는 앞날을 축복합니다.

2026년 3월
신은경

목차

2부　몸을 돌보고 마음을 아끼는 법

1부

나를 받아들이는 나이가 되었다

두 번째 서른, 거울 앞에서

아주 오랜만에 월간 여성지와 인터뷰를 했다. 새로 나온 에세이집이 관심거리가 되어 요청을 받았나 보다. 월간지 인터뷰는 아마도 10여 년 만인 것 같다. 한때는 공인으로 살았던 사람이 지난 10년 동안 대중에게 전혀 관심을 받지 못하는 사람으로 살았다는 이야기일까?

하긴 오늘도 처음 만난 어떤 분의 입에서 질문이 나왔다.

"실례지만 요즘 무슨 일을 하며 지내세요?"

내 딴엔 꽤 바쁘고 사람들이 내가 무슨 일을 하며 지내는지 비교적 잘 알고 있을 거라 생각하고 있었지만 그렇지가 않았나 보다. 사실 예전에 좀 유명했던 사람 중에 그 사람이 요즘 무슨 일을 하며 지내는지 잘 모르는 경우가 얼마나 많은가.

"대학에도 나가고 강연도 하고 글도 쓰고 그래요"라고 친절하게 대답해 드렸다.

내 모습 그대로 우아하게 늙어가자고 에세이집에서 주장한 터라, 미용실에 가서 메이크업과 머리 모양을 손봐달라고 할 맘이 내키지 않았다. 원래 내 인상과 다르게 '아주 예쁘게만' 해준 분장을 하고 사진을 찍으면 정말 부끄러울 것 같았다. 그래서 내 손으로 직접 화장과 머리 손질을 하고, 내 옷장에 있는 옷 중에 적당한 걸로 골라 입고 나섰다. 부끄러울까 봐 전문가의 손을 빌리지 않았지만, 그래도 부끄럽기는 마찬가지였다.

기자와 인터뷰를 하고 사진을 찍는 일은 실로 오랜만이었다. 전문 사진작가가 전문 조명을 세팅하고 촬영을 아주 오래 정성껏 하였다. 대화는 아주 재미있었다. 최근에 출간된 책에 나오는 이야기를 중심으로 나눴다. 끝나고 나오며 내가 말했다.

"제 얼굴에 주름 지우지 말아주세요. 이거 만드는 데 꽤 오래 걸렸거든요."

아주 오래전 책에서 읽은 어느 외국 여배우의 말로 기억한다. 당시 나는 젊었지만, 아직도 기억하고 있는 걸 보면 나이 든 그녀의 말이 멋있게 들렸었나 보다. 그래서 나도 늙으면 그렇게 말해야지 하고 마음먹었던 것 같다. 이제 내 얼굴에도 충분히 주름살이 있으니 그 말을 흉내 내보아도 좋을 것 같았다.

잡지가 나왔다. 진짜로 주름에 전혀 손대지 않은 클로즈업 사진이 있었다. 당황스럽기도 했지만 한편으로는 다행스러웠다. 오랜만에 내 얼굴을 자세히 들여다보았다. 사람의 얼굴 중 가장 변하지 않는 부분은 코라고 생각했었다. 나머지 부분은 아무리 애써도 시간의 흐름과 함께 자연히 변하기 마련이라고 짐작은 했다. 눈꺼풀은 아래로 처지고, 뺨은 자유낙하를 하여 양쪽 턱에 작은 주머니를 만들고 있다. 날마다 웃고, 먹고, 말하는 입가에는 주름이 생기고, 머리칼은 잃어버린 지난날들을 말해주듯 휑하니 성글게 된다. 그런데 코만은 젊었을 적 그 모양이 변할 리가 없다고 생각했다.

그런데 그게 아니었다. 30년 전 잡지에 나왔던 나의 사진을 뒤져 비교해 보았다. 날카로운 콧날이 눈에 띄었다. 그런데 지금은 뭉툭하다. 뺨에 살이 쪄 코가 묻혔나? 자꾸 비비다 보니 뭉툭코가 되었나? 아무 생각 없이 여드름이나 뾰루지를 손톱으로 짜던 것이 후회가 되었다. 하지만 후회되는 것이 코밖에 없을까?

잡지를 뒤지던 책장 앞에서 서른을 갓 넘겼을 때 썼던 책이 눈에 띄었다. 《9시 뉴스를 기다리며》. 경력 10년의 한창 전성기 뉴스 앵커일 때 쓴 책인데, 그때에도 첫 번째 서른을 넘기며 나이 타령을 하고 있었다.

"20대 후반에서 30대로 치닫는 길목에선 거울 앞에서 속상해질 때가 많았다. 잠 잘 자고 세수만 해도 생생하고 말갛던 피부가 매일 두껍게 분장하고 뜨거운 10여 개의 조명 아래 앉아 구워 댄 덕분에 생기를 잃고 거칠어져 갔다. 갓 졸업하고 해마다 들어오는 후배들의 젊고 발랄함과는 쉽게 비교되었다."

첫 번째 서른에도 나이 먹는 일은 나를 긴장케 했다. 그런데 계속 읽다 보니 기특하게도 자신의 나이를 포용하고 그 의미를 잘 깨달은 것 같아 슬그머니 웃음이 나왔다.

"그러나 서른은 내게 변화를 가져다주었다. 경험과 경력이 중요시되는 뉴스 앵커의 세계에서 '주름을 가리는 분장'을 하게 된 것은 얼마나 신나는 일인가. '주름을 그려야 하는' 초년생에 비한다면 말이다. 서른을 넘기며 깨달은 몇 가지 단맛은 내게 여유와 평화를 주었다. 그래서 이제 또 마흔을 넘기면서 더 큰 몇 가지를 얻게 되리라는 기대가 있다. 더 큰 지혜와 더 큰 진리를 터득하면 또 한 번 평화로운 미소를 배울 것이다. 그때 가서는 또 다른 다음의 도약을 기다리며 가슴 설렐 것이 분명하다.”

첫 번째 서른에 쓴 나의 글을 읽으며 두 번째 서른을 맞이한 나는 거울 앞에서 오늘 흐뭇하다.

‘그래, 잘하고 있어.’

제 얼굴에 주름

지우지 말아주세요.

이거 만드는 데 꽤 오래 걸렸거든요.

'잘난 척하지 마라'는 내면의 소리

97세가 된 할아버지가 식사 중 실수로 음식을 흘리니 93세 아내가 잔소리를 했다. 그러자 남편이 말했다. "당신도 내 나이 되어봐, 안 그런가…."

오래전 친정엄마는 손주 한 명의 이름을 부르려면 이 집 저 집 아이들 이름을 한 바퀴 다 부른 후에야 바른 이름을 찾아내곤 하셨다. 그런 엄마를 이해하지 못하던 나도 이제 제일 어려운 게 사람 이름 기억해 내는 일이다. 이름 석 자 중 한 글자만 생각나 쩔쩔매면 남편이 나머지 이름을 완성해 주는 일이 적잖이 발생한다. 그럼에도 불구하고 나는 아직도 불평하고, 지적하고, 잔소리하는 버릇을 고치지 못하고 있다.

그럴 때마다 속으로 되뇌는 말이 있다. 내가 이해하기 어려운 일이거나, 불평이 나오려고 하면 즉각 스스로에게 말한다.

'잘난 척하지 마라.'

배우자의 행동이 마음에 들지 않을 때, 즉각 잔소리를 하고는 곧 반성하고 속으로 말한다. '잘난 척하지 마라.' 성경의 잠언에 보면 잔소리하는 아내와 사느니 차라리 광야에서 움막을 짓고 혼자 사는 게 낫다고 했다. 그래도 요즘은 조금 나아져 잔소리가 나오려는 순간 빨리 입을 다물고 속으로 말한다. '잘난 척하지 마라. 너도 그럴 때가 있지 않느냐.'

방송쟁이였던 내겐 아직도 직업병이 있다. 방송 출연자가 주어, 동사가 맞지 않는 비문을 말하거나, 어법에 안 맞는 표현을 하거나, 띄어 읽을 곳을 잘못 읽어 의미가 다르게 들리거나 하면 곧바로 민감한 반응을 보인다. 그런데 요즘은 지적질을 하기 전에 먼저 사전부터 찾아본다. 예전엔 틀리던 표현도 이젠 허용된 어법들이 있기 때문이다. '자장면'도 맞고, '짜장면'도 맞다. 세월이 흐르며 우리말의 맞춤법도 많이 바뀐 것을 확인한다. 또 속으로 말한다. '네 직업

이 말하기였다고 잘난 척하지 마라.'

이해하고 입장을 바꿔보면 비난하거나 불평할 수가 없다. 공공장소에서 큰 소리로 말하거나, 큰 소리로 동영상을 틀고 보는 사람을 보면 영락없이 나이 든 어르신이다. 처음엔 깜짝 놀라 젊은이들이 얼마나 흉을 볼까 조바심 냈으나, 점차 이해가 가기 시작했다. 청력이 옛날 같지 않으니 점점 말소리가 커지는 것이고, 보고 싶은 동영상이 있는데 이어폰 사용이 여의치 않으니 그럴 수밖에 없다.

날마다 집 밖으로 나와 카페에서 글 쓰는 작업을 하는 후배가 있다. 이유를 물으니 TV를 최고 볼륨으로 틀어놓으시는 아버지 때문에 집 안에선 아무 일도 할 수가 없다고 했다. 그때는 불효라 생각했지만, 이제는 이해가 간다. 이해를 하니 겸손해진다.

상대에게 화가 나거나 핀잔을 주거나, 불평불만을 하거나, 상대방을 비난하고 비판하는 것은 모두 교만에서 시작한다. 나는 그렇지 않은데, 나는 잘하고 있는데, 나는 이만큼 훌륭한데, 너는 왜 그러냐, 왜 잘하지 못하느냐는 생각으로부터 나오는 것이기 때문이다.

그렇다면 겸손해지는 좋은 방법은 없을까? 그렇게 어려

운 일일까? 겸손을 위한 좋은 도구는 바로 감사이다. 감사하면 교만해지지 않는다. 창궐하는 전염병으로 몇 날 며칠 고생하고 난 지인은 겸손하게 고백했다. 지금까지 숨 쉬고, 음식을 맛있게 먹고, 활발하게 움직였던 날들이 결코 내 힘이 아니었다고 말했다. 감사하며 겸손히 나를 낮추면 평안과 기쁨이 찾아온다.

결국 겸손은 나를 위한 것이고, 나의 평안을 위한 것이다. 요즘, 겸손과 교만에 대한 생각을 깊이 하다 보니 오늘은 나에 대한 반성문을 쓰게 됐다. 복음서의 한 구절로 나의 반성문의 결론을 내리려 한다. '누구든지 자기를 높이는 자는 낮아지고 누구든지 자기를 낮추는 자는 높아지리라.' (마태복음 23:12)

겸손을 위한 좋은 도구는
바로 감사이다.
감사하면 교만해지지 않는다.

느슨하게 살아도 괜찮다

최고로 더웠던 어느 해 여름날, 민소매 원피스를 입고 서둘러 외출 준비를 했다. 바깥 날씨는 무더워도 카페 안에는 에어컨이 세게 나오니, 그럴 때 걸칠 카디건이 필요했다. 긴소매 회색 얇은 카디건을 집어 급히 가방에 넣고 집을 나섰다. 예상대로 카페 안은 추워서 오들오들 떨 지경이었다. 겉옷을 가져오길 잘했다. 가방 속에서 카디건을 꺼냈다. 그런데 이게 웬일인가. 외출복 카디건을 가져온다는 게 그만 집에서 입다가 벗어놓은 회색 반팔 티셔츠를 집어 들고나온 것이다. 부끄럽고 민망해서 어디로 숨고 싶었다. 그래도 추우니 어쩌겠는가. 어깨 위로 티셔츠를 어정쩡 걸쳤다.

왼쪽 검지 끝에 어디서 베었는지 작은 상처가 났다. 빨리 아물라고 반창고를 단단히 붙였다. 이런저런 집안일을 하다 보니 반창고가 물에 젖고 헐렁해졌다. 새것으로 붙여야겠다고 생각하고 떼어낸 후, 반나절을 잊고 지냈다. 그러다 문득 생각이 나 다시 반창고를 붙였다. 일과가 끝나고 조용한 시간이 되어 무심히 상처 난 손가락을 들여다보았다. 아뿔싸! 상처는 두 번째 손가락에 났는데 반창고는 엄지손가락에 떡하니 감겨 있었다.

밥을 지으려고 압력밥솥을 열었다. 어머나! 내솥에 밥풀이 잔뜩 붙어 있다. 전날 밥을 해 먹고는 설거지를 하지도 않고 그대로 뒀던 것이다. 이런 경우는 정말 살다 살다 처음이다.

요즘 왜 이러는지 모르겠다. 도대체 내게 무슨 문제가 생긴 건가? 보건소에 가서 치매 검사도 마쳤다. 조금 긴장했지만 계산 문제도 잘 풀었고, 오늘이 몇 월 며칠인지 잘 말했고, '민수는 11시에 공원에서 자전거를 탔습니다'라는 문장을 한 번 듣고 외워서 그대로 말해 너끈히 합격 점수도 받았다. 그쪽 문제는 아닌 것 같다. 이런저런 생각 끝에 슬그머니 웃음이 났다. 이렇게 헐렁해진 나 자신에게 미소가

지어졌다. '그래, 조금 풀어져도 괜찮아.' 책임감에 가득 차한 치의 실수도 하지 않으려고 애쓰던 내가 이제 여유가 생겼다는 뜻 아닌가.

매사 정확하려고 했고, 모든 일정대로 꼼꼼하게 수행하려고 전전긍긍하던 내가 이제 느슨해지고 긴장을 풀고 살고 있다는 증거라 생각하니 마음이 편해졌다. 이제 뭐 그리 급할 것도, 쫓길 것도 없지 않은가. 젊고 바쁠 땐 상상도 할 수 없는 일이었다. 이젠 나 하고 싶은 일만 하고, 가고 싶은 모임에만 나가고, 만나고 싶은 사람만 만나도 남은 시간이 많지 않다.

이웃들이 모인 자리에서 나의 이런 이야기를 고백했더니, 저마다 한 가지씩 어처구니없었던 사건을 펼쳐놓는다. 어떤 여성은 등이 결려 파스를 붙이려는데, 집에 붙여줄 사람이 없어 거울로 뒤를 돌아보고 혼자 끙끙 파스를 붙였다고 한다. 다 붙였다고 생각한 순간, '아뿔싸!' 파스가 등이 아닌 거울에 붙어있더란다. 또 어떤 이는 동생과 한참 전화 통화를 하다가 깜짝 놀라며 말했다. '어머나, 나 핸드폰 어디 두었는지 안 보인다.' 그러자 상대방이 말했다. '어머, 언니 어떡해. 얼른 전화 끊고 잘 찾아봐.'

우리 부부의 초대로 이웃 내외와 함께 영화 〈오펜하이머〉를 관람했다. 3시간을 집중해서 보고, 또 하고 싶은 얘기가 많아 애프터 티타임도 하며 영화를 본 감동을 실컷 나누었다. 한 달쯤 지나 그 이웃 내외와 만났다. 여러 가지 영화 얘기 끝에 그 댁 남편이 말했다. "참, 영화 〈오펜하이머〉 봤어요? 정말 괜찮아요. 꼭 보세요."

갑자기 분위기가 싹 얼어버렸다. 그의 아내가 당황하며 남편의 입을 막으려 했다. 마치 엄앵란, 신성일 영화의 여주인공처럼 두 손을 주먹 쥐고 다듬이질하듯 남편을 방망이질했다. "아니, 이 이가! 이 댁 초대로 같이 영화를 보아놓고선!"

예전엔 '말도 안 돼' 하며 웃었지만, 이제는 '남의 이야기 같지 않아' 웃는다. 우리가 깜박깜박하는 건 나이가 들어가고 있다는 증거이기도 하지만, 슬프거나 우울해할 필요는 없을 것 같다. 보아줄 만, 들어줄 만, 감수할 만한, 우리 나이 들어가는 사람들의 귀여운 변화이니 말이다. 너무 세상이 팍팍한 것 같아 살신성소(殺身成笑)를 해보았다.

이제는 급하지 않은 운전길

운전한 지 30년이 넘었다. 운전은 내가 살아온 모양과 닮았다. 운전길이 세상 사는 길 같다. 나의 학교 출근길은 고속 도로를 포함해 편도 55km이다. 마음이 평안하고 컨디션이 좋은 날이거나 삶의 속도가 그래도 어느 정도 익숙해진 주중에는 주로 1차선을 선택한다. 그러나 생활에 시동이 잘 걸리지 않은 월요일 아침은 주로 2차선을 달린다. 아무래도 1차선은 긴장의 강도가 높은 라인이다. 정신을 바짝 차리고 달리고 있건만, 갑자기 깜빡이도 안 켜고 훅 치고 들어오는 차가 있는가 하면, 나는 규정 속도로 달리고 있는데도 바짝 뒤꽁무니에 붙어 빨리 비키라는 사인을 주는 차도 있다. 100km 속도 제한인 고속 도로에서 저리도 바짝 뒤쫓아 오는 차를 보면 '어떡하라고'라는 소리가 절로 나온다. 혹시라도 내가 급브레이크라도 밟으면 어쩔 거냐는 말이다.

2차선은 여유다. 조금 늦은 속도로 달려도 걱정이 없다. 2차선의 내 속도가 마음에 안 드는 뒤차는 스스로 1차선으로 옮겨갈 수 있기 때문이다. 그것도 여의치 않은 차량은 3차선으로 잠시 자리를 옮겼다가 단숨에 1차선으로 속도를 뽑아내기도 한다. 2차선을 달리는 날은 라디오 채널을 여유롭게 선택할 수도 있다. 목이 마르면 옆에 둔 물을 마실 여유도 있고, 붉고 노랗게 물들어 가는 산등성이의 가을빛에도, 아직 겨울눈이 녹지 않은 저 멀리 산꼭대기에도 잠시 눈을 돌릴 여유가 있다.

끼어들고, 뒤를 바짝 추격하는 차에 스트레스를 받느냐 안 받느냐 하는 건 전적으로 내게 달린 일이다. 아무리 무례하게 운전하는 차라도 그냥 그러려니 하고 양보해 주면 된다. 늦잠을 자서 회의에 늦은 사람이겠거니, 못된 운전 습관이 몸에 밴 사람이겠거니 하고 이해하면 된다.

내가 처음 운전을 시작한 것은 1984년이었다. 당시 아나운서실의 여자 아나운서 중에서는 두 번째로 운전을 배우고 차를 산, 비교적 '얼리어답터'였던 셈이다. 입사한 81년부터 나는 저녁 9시 뉴스 진행을 하고 있었다. 뉴스가 끝나면 회사 차량이 편집부 직원을 모두 태우고 집집이 퇴근을 시켜줘 자가용이 필요 없었던 때였다. 그런데, 어느 날 갑자기 뉴스 진행자가 바뀌는 일이 생겼고, 나는 평일 낮에 출퇴근하는 사람이 되었다. 컬러 TV 시대 프라임 타임 뉴스 앵커로 그동안 얼굴이 많이 알려졌는데, 버스를 타고 출퇴근을 하자니 여간 불편한 일이 아니었다.

어느 날, 엄마는 내게 묻지도 않으시고 덜컥 흰색 포니 승용차를 할부로 계약해 오셨다. 갑자기 뉴스에서 밀려난 나를 위한 엄마의 위로 방식이었다. 나머지 할부금은 네가 벌어서 갚으라 하시면서. 새 차가 생겼지만, 면허가 있다고 바로 운전을 할 수 있는 건 아니었다. 당시 KBS에는 우리 모두의 '김 기사님'이 계셨다. 모범 운전자 출신의 기사님이셨는데, 차량을 가진 직원들의 많은 민원, 말하자면 고장이 난 차의 수리를 하는 일이라든가, 시내 운전을 배우는 것이라든가 하는 일을 다 맡아 돌봐주셨다. 나도 김 기사님께 주행 교육을 받았다. 김 기사님의 특징은 무조건 1차선 선호. 초보 운전이라고 벌벌 기어다니는 걸 용납 못 했다. 기어다니면 사고 나기 딱 좋게 된다며 1차선으로 무조건

들어가라 무섭게 명령했다. 김 기사님에게 운전 교습을 받은 동료들은 대부분 1차선 선호 운전 습관이 있었다.

운전을 시작한 지 3년쯤 지날 무렵, 나는 라디오 아침 뉴스 진행을 하게 되었다. 어리석은 젊은이였던 나도 마지막 5분까지 더 자려고 뭉개다가 더 이상 미룰 수 없을 때 뛰쳐나가는 일이 허다했다. 7시 라디오 뉴스 생방송에 늦지 않으려고 서부간선도로를 미친 듯이 달려 여의도 방송국까지 간 적이 한두 번이 아니었다.

어느 날 엄마가 나를 불러 세우시더니 심각하고 진지하게 말씀하셨다. 아침에 그렇게 무서운 속도로 차를 몰면 어떻게 하느냐는 것이었다. 아니, 엄마가 어떻게 나의 운전 행태를 아실까? 알고 보니 같은 아파트에 택시 기사 아저씨 한 분이 사셨는데, 새벽에 나의 운전하는 꼬락서니를 따라가 보다가 기가 막혀 혀를 차셨다고 했다. 그리고 아무래도 안 되겠다 싶어 우리 어머니에게 고해 바친 것이었다.

이렇게 난폭한 운전은 영국 유학을 하러 가서 많이 고쳐졌다. 영국은 일본처럼 왼쪽 주행이라 처음부터 다시 초보처럼 배워야 했다. 벨기에에서 온 친구는 운전대 앞에 큰 종이에 뭐라고 크게 써 붙이고 다녔다. 불어인 것 같아 무슨 뜻이냐 물어봤더니, '왼쪽으로 운전해!'라고 했다.

　세월이 가고 삶의 모습이 변함에 따라 운전 모습도 태도도 많이 달라졌다. 요즘은 내가 학교 가는 날이면 남편이 먼저 내려가 차에 시동을 걸어둔다. 엔진을 미리 가동하고, 시트도 핸들도 따끈하게 만들어 준다. 차에 타면 겨울날 따뜻한 군고구마를 잡을 때 같은 안온한 느낌이다. 그리고 차가 떠날 때면 '운전 조심해'라고 당부한 후, 그 자리에 서서 오랫동안 인사를 해준다. '조심해서 운전해요. 핸드폰 들여다보지 말고'라고 또 당부한다. 예전 같으면 내가 운전 경력이 몇 년인데 잔소리하느냐고 생각했겠지만, 이젠 그 말들이 모두 다정하다. 나이 들어가는 것이 나쁘지만은 않은 것 같다.

나이 들어가는 것이
나쁘지만은 않은 것 같다.
____

팽팽하게 잡고 있던 줄을 놓았을 때

지나간 나의 인생을 돌아보면, 팽팽하게 잡고 있던 줄을 탁 놓아버린 적이 몇 번 있었다. 대학 시절, 연극이 아니면 세상에 의미 있는 일은 아무것도 없다고 생각하며 연극에 빠져 있던 때가 있었다. 물론 대학생끼리 모여 하는 연극이었는데, 그즈음 기성 극단에서 제의가 와 주연으로 캐스팅이 됐다. 대본까지 받고 연습을 시작할 즈음, 학교와 집에서 허락을 받는 것이 큰 장벽으로 다가왔다. 우여곡절 끝에 학교에서는 허락을 받았으나, 엄마의 반대에 부딪혔다. 날마다 야단맞고 울며불며 설득했지만 엄마는 단호하셨다.

막무가내인 나를 엄마가 거의 포기하다시피 했을 즈음, 갑자기 주연이었던 내 역할이 주인공의 옆집 언니로 바뀌었다. 자그마한 키에 눈이 동그란 아이가 새로 주인공 역을 맡았다. 이유는 내가 키가 너무 커서 그 연극의 주인공에 맞지 않는다는 것이었다. 어이가 없었다.

나는 일생일대의 연극 데뷔를 앞두고 학교와 엄마와 전쟁을 하다시피 하여 허락을 받아냈는데 옆집 언니라니. 생명줄같이 잡고 있던 연극이란 줄을 탁 놓아버렸다. 그 후로 연극을 할 기회는 단 한 번도 오질 않았다.

졸업 후 방송국 아나운서가 되고, 9시 뉴스 앵커가 됐다. 12년간의 방송 생활은 주로 KBS의 간판 뉴스 앵커로 지냈다. 휴일도 없었고, 휴가도 가지 못했다. 그땐 그랬다. 원하던 정점에 서 있는 건 맞는데 많이 지쳤고, 변화와 재충전이 필요했다. 그래서 유학을 가기로 마음먹었다. '박수 칠 때 떠나자'였다. 영국으로 저널리즘 공부를 하러 떠났다. 예정된 2년 휴직 기간이 끝났지만, 박사 학위까지 끝내려면 시간이 더 필요했고, 나는 회사를 그만뒀다. 무모한 용기였다. 달리 구체적인 계획이 있었던 것도 아니었다. 그러나 그 순간이 아니면 평생 박사 학위를 끝내긴 어려울 것 같았다.

2021년 여름, 나는 몸담고 있던 대학에 사표를 냈다. 정년까지는 아직 좀 더 시간이 남아있지만, 그때를 채우느라 팽팽한 줄을 잡고 있기엔 에너지가 부족했다. 좀 더 여유롭게 삶을 채워나가고 싶었다. 내게 찾아온 '골든 에이지', 은퇴 후 삶을 좀 더 당겨 만끽하고 싶었다. 이제 학교를 정리하고 또다시 자유인이 되었다. 아직 정년은 몇 년 더 남았지만 좀 여유롭게 마무리하고 싶다고 하니, 학교의 어른께서는 그 사유가 참 맘에 든다며 새로운 결정을 존중하고 축하한다고 말씀해 주셨다. 뭐든지 일을 맡으면 죽을힘을 다해 완벽하게 해내려고 쉴 틈 없이 애쓰는 내가 너무 애처로워 보였나 보다.

방송국 후배는 재미있는 반응을 보였다. 철밥통 KBS와 철밥통 교수 자리를 걷어차고 나왔다고, 아까운 직장을 두 번이나 사표 쓴 용기 있는 여성이라며 새로운 시작을 축하해 줬다. 아직 대학에 교수로 있는 동갑내기 친구는 말했다. "부자인가 봐, 나는 생계형 교수라 못 그만둬."

팽팽하게 잡고 있던 줄을 탁 놓았을 때 내겐 늘 새로운 삶이 펼쳐졌다. 연극을 포기하고 난 후엔 원하던 방송국 아나운서가 되어 세상에서 가장 재미있고 좋아하는 일을 할 수 있게 됐다. 공영 방송 프라임 타임 뉴스 앵커라는 최고의 자리에서 방송의 줄을 탁 놓고 공부를 하러 떠났을 땐 박수 칠 때 떠나자는 생각이었고, 지금 생각하면 참 잘한 일이었다고 여겨진다.

이제 아무 계획도 없이 또 팽팽하던 줄을 놓는다. 모두 어려워하는 시국에 철없이 훌쩍 떠난다. 그런데 기대가 된다. 우리 앞에 무슨 일이 일어날지는 아무도 모른다. 파워 블로거나 파워 유튜버가 되어보라고 부추기는 사람도 있고, 다음 나올 책의 주제를 제안해 주는 지인도 있다. 우선 지금 살고 있는 공간의 반 정도 되는 곳으로 주거 장소를 옮겨볼 생각이다. 오래된 가구와 책과 옷을 대폭 정리해 볼까 한다. 물건이 반이 되면 마음의 짐도 반으로 가벼워지리라 생각한다.

가벼워진 반의 자리엔 읽고 싶은 책을 읽고, 쓰고 싶은 글을 쓰고, 아주 소중한 사람만 지니고 살고 싶다. 남편은 나를 부엌에서 해방시켜 주겠다고 하니 그 또한 기대되는 일이다. 그동안 엄두를 못 냈던 일들을 이번에 크게 마음을 먹고 실천해 볼 생각이다.

물건이 반이 되면
마음의 짐도 반으로 가벼워지리라 생각한다.
가벼워진 반의 자리엔
읽고 싶은 책을 읽고, 쓰고 싶은 글을 쓰고,
아주 소중한 사람만 지니고 살고 싶다.

행운보다 행복을 발견하기

이사 온 아파트 단지는 언덕 비탈에 서 있다. 그중에서도 우리 집은 언덕 맨 꼭대기여서 공기가 이루 말할 수 없이 달다. 집 뒤로는 나지막한 소나무 숲이 펼쳐져 있다. 날이 춥고 눈이 와 아직 산에는 올라가지 않았지만, 곁으로 난 평평한 길은 날씨 상관없이 걷기에도 좋아 매일 산책하고 있다.

소나무 숲 둘레길 초입에 토끼풀이 무성히 자라서 널찍이 밭을 이루고 있다. 나이를 먹으나 젊으나, 혹시 네잎클로버는 없는지 먼저 관심이 갔다. 그렇다고 아예 자리 잡고 앉아 찾아보기도 민망해서 선 채로 둘러만 보고 있었다. 그런데 마치 카메라가 줌인되듯이 확 눈길을 끄는 게 있었다.

네 잎짜리 같아 보였다. 눈을 크게 뜨고 가까이 가서 보니 진짜 네 잎이었다. 행운의 네잎클로버가 이렇게 쉽게 눈에 띄다니. 자랑스럽게 뜯어 들고 사진을 찍었다. 그리고 SNS에 올리며 수선을 피우고, 몇 사람에게는 만나 자랑삼아 이야기도 했다. 흥분해서 떠드는 내 말을 듣던 동네 이웃 한 분이 "그 풀밭에 유난히 네잎클로버가 많다"라고 말했다.

그러면서 하시는 말씀이 그 네 잎짜리 클로버 품종을 연구 개발해 대량으로 키워 팔고 있는 곳도 있다고 했다. 곧바로 검색해 보니 진짜 몇 년간의 연구 끝에 네잎클로버 다량 생산에 성공해 제품으로도 팔고 있고, TV에 소개되기도 했다.

네잎클로버는 행운이라는 꽃말을 가지고 있다. 오래전부터 이 희귀한 이파리를 찾으면 책갈피에 고이 간직해 말리거나, 다치지 않도록 코팅을 해서 귀한 사람에게 선물을 하곤 했다. 그런데 요즘은 네 잎보다는 세 잎 클로버의 꽃말에 더 관심이 간다. 네 잎은 '행운'이지만, 세 잎은 '행복'이라고 한다. 희귀한 네 잎은 어쩌다 찾아오는 행운일지 모르나, 지천으로 깔린 세 잎짜리 클로버는 행복이라는 것이다.

정말 그렇다. 행복은 우리 곁에 지천으로 널려있다. 하루

하루가 행복이고 매 순간이 행복인데 우리는 희귀하고 흔치 않은 행운을 찾아 고개를 숙이고, 허리를 구부리고, 다리가 저리도록 네 잎을 찾아 나섰던 것이다.

이사를 온 후 한 달 가량이 지났다. 처음엔 이렇게 좁은 공간에 가지고 온 짐들을 어떻게 다 풀어두어야 좋을지 몰라 머리를 싸맸다. 하지만 같은 용도에 쓰이는 물건들을 종류별로 각각 모으고, 작은 공간이라도 잘 접고, 잘 겹쳐 정리하다 보니 이제 꽤 제자리를 찾아간다.

부엌살림은 다 버리고 와서 오히려 빈칸이 많아 신기할 정도다. 머그잔도 꼭 필요한 것 3개만 꺼내고 수저, 포크, 작은 스푼도 두 벌씩만 꺼내놓으니 작은 서랍인데도 휑하다. 이사 오기까지 두 달 동안 모든 짐을 창고에 맡겨야 했기 때문에 어쩔 수 없이 냉장고 안의 식품들은 모두 다 없앨 수밖에 없었다. 덕분에 빈 냉장고로 새살림을 시작했고, 휑한 냉장고가 주는 여유와 가벼움을 맘껏 즐기고 있다. 그렇지만 어차피 살림이란 게 필요한 게 자꾸 생기고, 이것저것 사들이게 되어 시간이 지날수록 자꾸 채워져 가는 냉장고로 인해 스스로에게 다시 경고하고 있다. 비워두자.

앙증맞은 2인용 식탁을 준비해 요즘은 남편과 아주 가까이 얼굴을 마주하고 식사를 한다. 남편은 이게 얼마 만이 냐고 기뻐한다. 빨래터도 바로 옆이고 부엌도 바로 한 발짝 옆이니 빨래도 음식 준비도 어려울 게 하나 없다.

네잎클로버를 발견했으니 새해 무슨 대박이 나는 것 아니냐, 큰 행운이 찾아오는 것 아니냐 하는 축하의 말을 많이 들었다. 그러나 정말 중요한 것을 깨달았다. 먼저 내 주변 일상에 널린 행복을 주울 준비가 되어 있어야 한다는 거였다.

요즘은 눈 뜨면 감사하다. 오늘 하루 또 살아내어 내 힘으로 걷고, 아름다운 자연을 내다보고, 음식을 씹고 넘기는 이 하루를 선물로 받은 것에 감사한다. 귀한 가족과 손잡고 내게 주어진 하루를 걸을 수 있는 것에 감사한다. 희귀한 네잎클로버의 행운을 찾으려 애쓰기보다, 지천으로 널린 매일의 행복을 마음껏 누리고 감사하며 살려 한다.

그날 토끼풀밭에서 발견한 네잎클로버는 두꺼운 책갈피에 고이 모셔두고 책장을 덮었다. 우연히, 그러나 반갑게 찾아온 행운은 그냥 감사하며 마음속에 모셔두기로 했다. 그리고 날마다 지천으로 널린 행복을 발견해 나가는 지혜로운 인생이 되기를 소망해 본다.

우연히,

그러나 반갑게 찾아온 행운은

그냥 감사하며 마음속에 모셔두기로 했다.

그리고 날마다 지천으로 널린

행복을 발견해 나가는

지혜로운 인생이 되기를

소망해 본다.

세상의 배려를 받으며 살아야 해

어느 프랜차이즈 식당 카운터에서 70대 남자 손님이 주문하다 20대 아르바이트생에게 물었다.

"여기 아침에 몇 시에 열어요?"

"네? 아침에 몇 시에 일어나냐고요?"

"아니, 아침에 몇 시에 문을 여냐고요."

"아, 몇 시에 오픈하느냐고요?"

아, 오픈! 그렇게 간단한 단어를 두고 왜 그 어른은 '몇 시에 열어요?'라고 물었을까? 근데, 이 아르바이트생은 그렇게 풀어서 말하면 왜 못 알아듣는 걸까?

만 원짜리 지폐를 꼭꼭 접어 손에 쥔 할머니가 유명 커피 프랜차이즈점에서 음료를 주문하는 걸 본 적이 있다.

'어떤 사이즈로 드릴까요? 아이스이신가요? 드시고 가실 거예요? 머그잔에 드려요? 카드를 앞에 꽂아주세요.' 할머니는 쏟아지는 질문에 어리둥절해하며 하나도 대답을 못 하고 쩔쩔매고 서 있다. 이 어려운 선택을 해야 하는 카페에 할머니는 왜 오셨을까? 근데 여점원이 할머니의 손에 잠시라도 눈길을 주었다면 그렇게 기계적인 질문만 던지고 있진 않았을 텐데.

비단 이곳뿐만이 아니다. 요즘은 나이 든 사람들이 함께 살아가기에 어려움이 많다. 특히 인력을 줄이기 위해 키오스크로 주문부터 하고 들어가야 하는 곳이 많아 겁부터 난다. 여러 가지 선택을 하고, 신용카드로 지불하고, 먹고 싶은 음식과 사이드 음식과 음료를 고르는 일은 결코 쉬운 일이 아니다.

'노 키즈 존No Kids Zone'이라는 것이 있다. 어린아이들을 데리고 들어올 수 없다고 표시하는 레스토랑을 말한다. 대학생들이 찬반으로 나뉘어 재미있는 논리로 토론을 벌이는 주제가 되기도 한다. 노 키즈 존이 있어야 한다는 여러 가지 논리 중 강력한 것은 아이들이 뛰어다니다 뜨거운 음식에 데거나 다칠 수가 있다는 것. 아이가 부주의해서, 혹은 그 부모가 챙기지 않아 다친 것을 주인이 책임지고 싶지 않다는 이유에서 그런 정책을 선택한다는 것이다.

그런데 최근 '49세 이상, 정중히 거절합니다'라는 문구를 써 붙여 논란의 대상이 된 식당이 있었다. '나이 든 손님은 이제 들어오지 마세요'라고 표시하는 '노 시니어 존No Senior Zone'을 선언한 것이다. 아직 일반적인 추세는 아니지만 앞으로 많아지지 말라는 법이 없다. 젊은이들이 많이 들어오는 관악구의 한 포장마차에 붙여진 문구인데, 사람들의 반응이 뜨거웠다.

그렇게 써 붙이긴 했어도, 무조건 나이를 확인하는 것은 아니란다. 그런데 식당 안에 들어왔을 때 중장년으로 인지되면 주인이나 손님이 나가 달라고 요청할 수 있다고 한다. 그렇게 써 붙인 이유는 중장년의 여성 주인이 혼자서 식당을 운영하는데, 유독 중장년 손님들이 말을 많이 시켜서 일일이 대응하며 일하기가 힘들었다고. 말 많이 하는, 그리고 빨리 나가지도 않아 회전율을 떨어뜨리는 중장년, 이른바 '진상' 손님을 쫓아버릴 구실을 써 붙인 모양이다.

사람들은 민망하고 부끄러우면 화를 내게 되어 있다. 자기가 더 작아지고 비루해질 때, 그렇지 않다는 것을 우기기라도 하듯 화를 벌컥 내며 그렇게 대우한 상대에게 뭐라도 한마디하고 싶어진다. 그렇게 쫓겨 나올 때 나라면, '아, 그렇군요' 하며 곱게 발걸음을 돌려 나올 수 있을까 싶다. 과연 50세 이상은 그런 대우를 받아야 할까?

몇 년 전만 해도 이런 식당 주인의 결정에 나도 수긍했을 것이다. '그래, 그래도 돼.' 그런데 지금은 고개가 갸우뚱해진다. 무심코 들어간 식당에서, '저 죄송한데, 나가주시겠어요? 여긴 49세 이상은 못 들어오십니다.' 하면 기분이 어떨까 싶다. 얼마나 민망할까?

점점 젊은 세대와 나이 든 세대가 함께 사는 일이 어렵게 느껴진다. 특히 서로 커뮤니케이션이 안 되는 것이 안타깝다. 서로의 언어를 이해하지 못하고 알아듣지 못하다 보니, 반감을 품게 된다. 그리고 피하게 된다.

하지만 쉽사리 어느 편을 들 수가 없다. 젊은이를 나무랄 수도, 나이 든 사람들을 흉볼 수도 없다. 왜냐하면 우린 어차피 함께 살아야 하기 때문이다. 서로의 입장을 조금씩 생각해 주었으면 좋겠다. 어려움이 있다는 걸 서로 이야기할 기회가 있었으면 좋겠다. 상대가 얼마나 힘든가를 헤아려야 그들의 행동을 이해할 수 있게 된다. 젊은이는 나이 들면 얼마나 힘든 것이 많아지는지 알아야 하며, 어른들은 젊은이들의 삶도 얼마나 고달픈지 알아야 한다. 그래야 서로 배려할 수 있게 되지 않을까?

은이들의 삶도 얼마나 고달픈지 알아야 한다. 그래야 서로 배려할 수 있게 되지 않을까?

환대와 존경의 '어르신'

남편이 에스프레소를 주문하자, 계산대 젊은 직원이 물었다. "어르신, 에스프레소는 맛이 아주 쓰고요. 양이 아주 쪼금 나오는 진한 커피예요. 괜찮으시겠어요?" 무지렁이 노인네 취급을 받은 것 같은 순간, 남편은 당황해 미처 대답을 하지 못했다.

옆에 함께 서 계시던 전직 교수님이 대신 답변을 했다. "이분 누구신지 모르지요? 예전에 파리 특파원…." 그러나 그 말은 카페의 소음에 묻혀 아무 의미 없는 소리로 휘발해 버렸고, 직원의 질문에 전혀 도움이 되지 않는 동문서답이 되고 말았다.

그제야 남편은 "네. 알고 있어요. 에스프레소 주세요." 하며 돌아섰다. 아마도 이전에 에스프레소를 시키고는 왜 이리 조금 주느냐, 왜 이리 쓰냐고 불평하는 어른들이 간혹 있었던 모양이어서 직원은 확인차 친절함을 발휘한 것으로 짐작이 되었다.

우스꽝스러운 그 상황은 그렇다 치고, 그 '어르신'이란 단어를 들으니 TV를 보다가 언짢았던 일이 생각났다. 코로나 4차 백신을 맞으라고 권유하는 뉴스 보도에서 '60세 이상 어르신'이라고 말하는 것이다.

'60세 넘으면 어르신이야?' 물론 질병관리청에서 내려온 공문에 따라서 하는 표현이겠고, 리포트하는 30대 기자의 입장에선 부모님 같은 분들을 생각해 존경의 마음을 담아 별생각 없이 그렇게 한 것이리라. 그러나 당사자인 '60세 이상 어르신'은 별로 기분이 좋지 않았다. 백신 맞으러 가던 발걸음을 돌이켜 집으로 와버리고 싶었다.

'어르신'처럼 당황스러운 호칭은 '아버님, 어머님'이다. 얼마 전 비슷한 나이의 선배 몇 명과 어울려 이야기하던 중, 난데없는 '어머니, 아버지' 호칭에 놀랐다고 입을 모았다. 또래 중에서도 아직 사회 활동도 하고 있고, 외모가 그리 늙지 않은 축에 낀다고 생각했던 터라 당황스러웠다는 얘기다.

그런데 젊은이들은 어떻게 우리가 '어머니'인 걸 알았을까? 아무리 아닌 척해도 우리의 생김새가, 즉 체형이 말해주는 것일 테다. 체력 관리에 신경을 써도 엉덩이가 펑퍼짐해지고, 예쁘지 않게 살이 빠지는 게 그 증거라고 말하며 폭소를 터뜨렸다. '아니 아무리 그래도, 우리가 왜 그들의 어머니야?'

함께 웃었으나 내게는 찔리는 일이 있다. 남편이 정치를 하던 시절, 배우자로 그 지역 경로당을 수없이 많이 다녀야 했던 나는 '어머님, 아버님' 호칭의 주범이었다. 해당 지역에는 경로당이 40개가 넘었다. 경로잔치가 있을 때마다, 밥을 해서 나눠 먹는 월례회가 있을 때마다, 그리고 발 마사지, 침, 뜸 봉사 활동이 있을 때마다 내 집처럼 드나들던 곳이다.

내 딴에는 가장 다정하고 친근한 호칭이 '어머님, 아버님'이라고 생각했다. 사실 그분들은 우리 친정어머니와 같은 나이셨고, 내 엄마보다도 더 자주 그분들과 만나고 지냈으니 가깝기로 하면 '어머니'라 부른들 잘못될 게 없었던 시절이었다. 그러나 돌아보니 그 호칭이 불편하셨던 어른들도 분명 있었을 텐데, 정겹게 맞아주셨던 때를 생각하니 갑자기 얼굴이 뜨거워졌다. 그런데 아무리 그래도 그렇지. 이제 예순을 갓 넘은 사람에게 '어머니'라니!

소설가 김훈도 그의 소설집《저만치 혼자서》에 실린 단편 〈저녁 내기 장기〉에서 '아버님'이란 표현은 '아무런 경로심을 포함하지 않는, 무인칭의 늙은이를 부르는 호칭'이라고 말했다. 식당이나 동사무소에서 젊은 직원들에게 '아버님'이라 난데없이 불리는 것을 당황스럽게 받아들였던 모양이다.

《진보적 노인》을 쓴 58년 개띠 저널리스트 이필재 작가도 이런 호칭이 불편하다고 말했다. 과유불급, 과공의 풍조로 느껴진다며 대안으로 '선생님'이라는 호칭을 제안했다. 나 또한 그 말에 공감하며 '선생님'이라 불렸을 때 그럭저럭 편했던 기억을 떠올렸다. 무인칭, 무성별, 나이와 상관없는 호칭 아닌가.

그런데 한국음성학회 회장을 지냈던 김상준 전 KBS 아나운서는 이 호칭에 대해 무척 너그러운 해석을 내린다. '아버님, 어머님'이라는 호칭은 누구누구의 아버님, 아무개의 어머님 같은 표현에 앞부분이 생략된 일종의 '자녀 중심 언어 표현'이 아니겠는가 하고 풀어줬다. 언중의 언어 표현이 그렇게 대세로 오래 진행된다면 일단 얼마 동안은 지켜보는 것도 좋겠다는 의견이다. 이제 70대 후반인 김상준 선배는 한의원에 가서 그런 호칭으로 안내를 받으면 오히려 다정하고 좋았다고 했다. 그러면서 '예순을 갓 넘은 후배의 경우엔 좀 당황스러웠겠다'라고 내게 위로의 말씀도 곁들여 주셨다.

진심 어린 존경이란 찾아볼 수 없는 '어르신', 혹은 뜬금없는 '아버님, 어머님' 같은 호칭이 아직 내게는 탐탁지 않은 것은 사실이다. 그러나 조금 더 관대하게 이해하고, 푸근하게 마음을 넓혀 환대와 존경의 표현으로 받아들인다면 그리 나쁠 일도 없을 것 같다. 이상은 이제 막 '어르신' 대열에 들어 예민해진 까칠한 '어머니'의 푸념이었다.

지금 그대로도 충분하다

일본 영화 〈원더풀 라이프〉를 보았다. 작품에 대한 사전 정보 없이 제목만 보고 희망적이고 즐거운 영화일 것이라 기대하고 골랐는데, 첫 장면부터 생을 막 마감한 사람들이 등장해 마음이 무거워졌다.

세상을 떠난 사람들은 천국으로 가기 직전, 중간역 '림보'라는 곳에 일주일 동안 머문다. 그곳에서 자신의 인생에서 가장 소중했던 기억 하나를 고른다. 그들의 추억은 짧은 영화로 만들어지고, 망자는 이 순간을 간직한 채 영원으로 떠난다. 림보역에는 그곳에서 일하는 직원들이 새로 들어온 손님들을 인터뷰하고 보고서를 작성한다. 인터뷰를 하는 사이 손님들은 자신의 삶을 회상하며 가장 기억에 남는 장면 하나를 고른다. 자신에게 가장 소중했던 추억 하나만을 남기고 나머지 모든 기억을 삭제시켜야 영원으로 떠날 수 있다.

너무나 단조롭고 평범한 삶을 살았다고 생각되어 한 장면도 선택하지 못하는 사람에겐 지나간 70여 년간의 삶을 회고해 볼 수 있는 비디오테이프가 제공된다. 해마다 테이프 하나씩에 기록된 영상을 돌려보며 한심한 자신에게 수없이 '바보', '멍청이'를 내뱉다가도 결국은 행복한 한 장면을 고르게 된다. 놀라운 것은 사람들의 추억이 의외로 사소하고 평범하다는 것이다. 또한 평범한 일상이어도 아주 디테일하게 그 순간과 장면을 기억하고 있었다. 그날 입었던 옷, 색깔, 그때 먹었던 음식과 그 맛을 길게 길게 설명했다.

영화를 보는 내내 영화의 스토리텔링 흐름과 병렬로, 내 머릿속에도 나의 스토리가 흘렀다. '나는 내 인생의 어떤 장면을 선택하고 영원으로 갈 것인가? 고를 수 있는 장면이 있는가? 정말 엄마의 뱃속에 있던 순간처럼 완벽한 평화와 행복의 순간이 내 삶에도 있었을까? 한 장면도 고를 수 없을 것 같으면 어쩌지? 여러 장면을 간직하고 싶은데, 하나만 골라야 한다면 어떻게 해야 할까?'

영화가 끝나고도 생각은 이어졌다. 과연 내겐 남기고 싶은 단 하나의 순간이 있을까? 처음엔 좀 슬프고 당혹스러웠다. 왜냐하면 회상 속의 나는 늘 '무엇이든 잘 해내야 한다'는 강박에 쫓겨 긴장한 모습이었기 때문이다.

그러다가 전등의 스위치가 켜지듯 반짝 밝은 빛이 들어왔다. 그렇지. 영화는 고레에다 히로카즈 감독의 판타지일 뿐. 나는 '림보'를 믿는 사람이 아니고 '영원한 생명책'을 믿는 사람이며, 나를 인터뷰할 사람은 림보의 직원들이 아니고, 나보다 더 나를 잘 아는 전능자일 것이다. 그리고 기억되고, 기록되는 순간은 단 하나가 아니고, 내 생애 전부라는 것을 깨달았다.

차근차근 되짚어 보니, 내게도 기쁘고 즐겁고 행복한 순간이 참 많았다. 어느 눈 오는 날, 피아노 연습을 하는 초등학생 나. 눈 내리는 정원을 가로질러 현관으로 퇴근해 들어오시는 아버지를 거실 큰 창으로 바라보던 순간. 엄마가 키우시는 잉꼬들의 부지런한 움직임을 관찰하던 기억. 부엌일을 하는 엄마를 졸졸 따르며 하루 동안 있었던 일을 종알대던 그날. 엄마의 도넛 반죽 튀김 기름 냄새. 손뜨개로 만든 노란색 긴 털목도리를 칭칭 늘이고 얼음판 위를 바라보던 그 겨울의 햇살.

전 국민에게 날마다 새 소식을 전하는 프라임 타임 뉴스 앵커. 아름다운 음악과 공감의 목소리를 실어 나르는 클래식 음악 방송 진행자. 바다 건너 공부하러 갔던 나라 영국, 그곳의 도시 카디프. 아빠를 꼭 닮은 딸, 꽃봉오리처럼 입술을 모으고 엄마 젖을 먹던 내 아기, 지금은 엄마보다 머리 하나는 더 크게 무럭무럭 자란 아름다운 숙녀, 내 아기. 복도식 대단지 아파트 주차장에서 유세차를 세우고 마이크를 열면 깃발처럼 손을 흔들어 주시던 지역 주민들, 그분들을 올려다보며 지역 대표로 제대로 일하겠다고 다짐하던 자랑스러운 내 남편.

그래. 지금부터 살아가는 모든 순간도 영화를 찍듯 만들어 기록해 나가야겠어. 네가 감독이고 네가 배우야. 벤치에 앉아 만개한 봄꽃을 바라보며 '꽃멍'하는 순간도, 따뜻한 밥 한 그릇을 놓고 마주 앉아 먹는 순간도, 막히는 도로를 운전하며 가는 시간도, 우리에게는 모두 영화 같은 한 장면이 되는 거야.

풍광 좋은 음식점에서 팥죽을 먹은 초여름날도, 길가 찻집에서의 저녁 시간도, 육각형 접시도, 밤을 밝히는 조명등도 다 아름다운 인생 컷들이라는 거지. 대신, 감독의 입장으로 배우에게 몇 가지 지시사항을 첨가해야겠어.

　‘너무 힘이 들어갔어. 힘 빼고, 긴장하지 말고.’‘너무 애쓰지 마. 지금 그대로도 충분하니까.’

너무 힘이 들어갔어.
힘 빼고,
긴장하지 말고.
너무 애쓰지 마.
지금 그대로도 충분하니까.

2부

몸을 돌보고 마음을 아끼는 법

스트레스 제로

요즘 나는 '스트레스 제로'를 연습하고 있다. 대도시 한복판에서 복잡한 현대 사회를 살며, 긴장과 집중을 필요로 하는 대학 강의와 대중 강연, 글쓰기와 방송 출연을 업으로 하는 사람이 목적으로 삼는 것이라고 하기엔 어딘가 앞뒤가 안 맞는 말이기도 하다. 그러나 마음만으로는 이렇게 '스트레스 제로'를 외치며 지극히 평안한 상태를 추구하려 노력하고 있다.

'나는 아무 걱정할 일이 없는 사람이다. 내 주변에는 신경 쓰이는 사람이 아무도 없고, 모두 내가 사랑하는 사람, 나를 좋게 생각하고 있는 사람들이다. 나는 스트레스 받을 업무도, 부담도, 그럴 이유도 없다.'

이렇게 되뇌며, 내가 자리한 이곳이 정말 평안한 곳이라고 눈을 감고 상상한다. 이를테면 '구름 한 점 없는 새파란 하늘이 보인다. 공기는 얼음냉수처럼 청정하다. 나는 잔잔한 물 위에 떠서 새파란 하늘을 보고 있다. 야자수를 스치고 불어오는 산들바람이 내 얼굴을 부드럽게 스치고, 물의 온도는 차지도 덥지도 않다. 나는 평안하다. 스트레스 제로이다.' 이런 식으로 말이다.

이러한 자기 암시는 아보 도오루 교수의 책《병에 걸리지 않는 면역생활》을 읽고 나서 노력하기 시작한 것이다. 우리나라 면역학의 권위자이자 김치 유산균을 개발하신 박건영 교수님이 권해주신 책이다.

원래 신경이 예민하고 무슨 일을 맡으면 무한한 책임을 느끼고 성실하고 완벽하게 처리하려는 나쁜 버릇을 가진 나는 늘 긴장 상태로 살아왔다. 특히 2016년부터 공공 기관장으로 2년을 보냈던 시기에 알게 모르게 많은 스트레스를 받았던 것 같다. 그 결과 외부의 나쁜 것들과 싸울 수 있는 자연 살해 세포인 NK 세포Natural Killer Cell의 수치가 충분하지 않은 상태임을 확인했다. 건강 검진에서는 아무 이상이 없다고 나타나지만, 외부의 공격에 맞서 싸울 군사의 능력이 강력대군은 아니라는 이야기다. 어떻게 하면 면역

력을 올릴 수 있는지 그 방법을 상담했더니, 9번 구운 죽염
과 김치 유산균을 먹을 것과 이 책을 읽어볼 것을 제안해
주셨다.

　병에 걸리지 않는 건강한 면역 생활을 위해서는 식사, 입
욕, 체조 같은 기본적인 생활 습관을 잘하는 것이 중요하
다. 그래야 중병에 걸리는 것을 피하고 건강하게 살 수 있
다. 그런데 여기서 더욱 중요하게 생각해야 할 것은 '스트
레스'가 면역력을 떨어뜨리는 가장 큰 주범이라는 점이다.
　우리 몸은 자율 신경인 교감 신경과 부교감 신경이 서로
적당히 균형을 이루어야 하는데, 화가 날 때나 긴장과 초
조가 최고조에 달하면 교감 신경이 득세해 몸이 취약해진
다. 이때 바이러스나 암세포의 공격을 받으면 여지없이 무
너지고 마는 것이다. 자율 신경은 백혈구에도 영향을 미친
다. 백혈구에는 몸에 들어온 이물질을 삼켜서 처리하는 과
립구와 이물질을 면역으로 처리하는 림프구가 있다. 교감
신경이 우세하면 증가하는 과립구는 이물질을 격퇴하지만,
그 과정에서 면역 저하, 발암, 노화의 원인이 되는 활성 산
소를 배출한다. 활성 산소가 많아지면 우리 몸의 조직에 염
증이 생기고 각종 병이 생기는 것이다.

이러한 원리를 이해하면 암을 비롯한 현대의 심각한 질병들이 대인 관계에서 오는 스트레스, 마음의 고민으로 인한 스트레스, 과로로 인해 생긴다는 것을 쉽게 알 수 있게 된다.

책을 읽으며 면역을 높일 나만의 방법을 궁리하게 되었다. 그중 셀프 토크가 아주 유용했다. 3시간 동안 열정적으로 온 힘을 다해 수업을 하고 나와 파김치가 되어 연구실로 돌아오며 나는 혼잣말을 한다. '역시 나는 선생 체질이야.'

평생 방송을 했어도 TV나 라디오 인터뷰 프로그램 출연은 상당히 신경이 쓰인다. TV 인터뷰의 경우 분장, 헤어, 의상까지 신경을 써야 하니 보통 일이 아니다. 긴장 100%로 온 신경을 곤두세우고 방송을 마치고 나면 내 입에서 나오는 소리가 있다. '난 역시, 방송 체질이야.'

주말 꽃놀이 가는 사람들의 행렬을 뚫고 간 특강을 마치고 나오며 옷이 다 땀으로 젖어도 나는 또 스스로 말한다. '난 역시 타고난 동기부여 강사인가 봐.'

은퇴한 방송국 친구들이 '놀기를 일하기처럼 한다'라며 자유롭고 여유롭게 은퇴 후 삶을 지내는 얘기를 했다. 그들이 부러워 아직도 밥벌이하는 사람으로서 투정했더니 내게 이렇게 말한다. "나이 들면 유능해도 돈벌이할 기회가 없어." 아직 학교에 있으니 잠자코 감사하라는 것이다. 은퇴자는 아직도 현역에 있는 동료를 부러워하고, 현역에 있는 사람은 은퇴한 친구를 부러워한다는 것을 다시 한번 확인했다.

그래, 오직 감사만 하자. 음식을 만들며, 영화를 보며, 길가의 가로수 꽃구경하며 순간순간을 감탄하며 지내자. 작은 것을 경이롭게 바라보고 감사하고 즐기자. 일하기를 놀기처럼 하자. 새로 시작되는 한 주에는 또 어떤 재미있는 일이 나를 기다리고 있을까? 기대된다.

오늘도 나는 '스트레스 제로'다!

작은 습관이 큰 결과를 만든다

코로나 바이러스가 전 세계적으로 창궐하여 사회적 거리 두기를 해야 할 때였다. 학교, 모임, 직장, 외식, 놀이 모두 거리를 두어야 할 일이 되다 보니 개인적인 거리, 즉 가족 간의 거리는 그 어느 때보다 가까워졌고, 자기 자신을 바라보는 거리는 더더욱 가까워졌다. 그동안 바쁜 생활 탓에 하지 못했던 일들이 생각나 이참에 새로운 계획을 세워 보기로 했다. 어두운 터널을 지나며 작은 전구를 몇 개 켜 보자는 생각으로, 집에서 아주 작은 일들을 시작했다.

그 첫째는 '스쾃Squat 천 개의 기적을 이루어 보자'였다. 허벅지가 무릎과 수평이 될 때까지 앉았다 일어나는 이 운동은 허벅지 근육을 단련하기 위한 동작이다. 한꺼번에 천

개를 하는 것은 아니고, 하루에 할 수 있는 만큼 하면서 천 개를 모아보자는 목표였다. 1000! 뭐가 돼도 될 것 같은 숫자다. 우선 작은 독서 카드에 표를 만들었다. 매일 돼지 저금통에 동전을 저축하듯 조금씩 한 스쾃 횟수를 적어나갔다. 처음엔 한 번에 10개 정도 겨우 했다. 하루에 아무 때라도, 몇 번이라도 좋으니 시행한 대로 적어 넣었다. 부지런히 실천한 날은 100개까지 모았다. 그러다 어느 날엔가 한 번에 20개씩을 할 수 있게 되었고, 2주일가량 지났을 때, 드디어 천 개가 되었다. 시작한 지 한 달이 넘은 지금 천 번씩 두 번을 이뤄냈고 세 번째 천 개에 도전 중이다. 이제는 한 번에 30~40개도 가능하다.

또 한 가지는 성경 낭독 유튜브를 시작한 것이다. '신은경TV'라고 이름 지은 유튜브 채널을 개설했는데, 하루에 한 편씩 10분 정도 성경을 낭독해 올린다. 평일에 매일 하나씩, 일주일에 다섯 편을 만든다. 보름째 하고 있는데 쉬운 일은 아니다. 애써 한 편 업로드하고 돌아서면 또 다음 편 올릴 차례가 된다. 하루가 눈 깜짝할 새에 지나간다는 뜻이다. 구독자가 아직 200명 정도라 갈 길이 멀지만, 이 또한 천천히 꾸준히 해서 성경 통독을 해볼 생각이다.

세 번째로 날마다 하고 있는 것은 매일 다이어리에 한

바닥씩 일기 쓰기이다. 처음엔 코로나19 때문에 방역 일지처럼 쓰기 시작했다. 초등학생 일기 쓰듯, 무얼 먹었는지, 어디서 먹었는지, 어딜 방문했는지, 누굴 만났는지. 그런 걸 썼다. 날마다 반복되는 일상을 뭐 하러 기록하나 싶지만, 이 또한 소중한 일상이니 기록하길 참 잘한 것 같다.

이렇게 생활에서 실천하는 작은 습관이 얼마나 유용하고 중요한지는 많은 사람에 의해 강조되고 삶에서 증명되고 있다. 자기계발 강연자인 작가 제임스 클리어는 유망한 고등학교 야구 선수였다. 연습 중 친구의 손에서 미끄러져 날아온 야구 배트에 맞아 얼굴에 큰 부상을 입었지만, 절망 가운데 작은 시작으로 새로운 인생을 만들어 낸다. 그의 책 《아주 작은 습관의 힘Atomic Habits》에서 그는 더는 아무것도 할 수 없을 것 같았던 때 조금씩 시도한 일, 글자 그대로 원자 크기 만한 아주 작은 일들이 삶을 바꿨다고 말한다. 이렇게 아주 작은 습관들이 꾸준히 모이면 비록 그것이 사소하고 별것 아닌 것이라도 몇 년 후 상상할 수 없이 놀라운 힘을 발휘한다고 증언한다. 일 년에 1%씩 발전하기만 해도 성장이 대단할 텐데, 이 성장과 발전은 복리로 늘어난다고 말한다.

더 나은 습관을 위해 제임스 클리어는 크게 네 가지 법칙을 제시한다. 즉, 결심이 분명해야 하고, 매력적이어야 하며, 쉬워야 하고, 만족스러워야 한다는 것이다. 또 무엇이든 몰아서 1시간을 하는 것보단 매일 10분씩 꾸준히 하는 것이 효과적이라고 주장한다. 말하자면, 새로운 습관을 시작할 때 2분 이하로 하고, 거창하고 힘들게 하지 말아야 한다고 한다. 예를 들면 '달리기를 해야지'라고 생각하기보다는 먼저 운동화 끈을 묶는다든가, 요가를 한다고 생각하면 요가 매트부터 깐다는 식이다.

스탠퍼드대학교의 행동과학자 비제이 포그 박사 또한 《습관의 디테일Tiny Habits》이라는 책에서 체계적으로 행동을 디자인해 쪼갠, 지극히 작은 행동이 연속성을 가지고 쌓이면 놀라운 일이 일어난다고 말한다. 사람의 행동 변화는 하고자 하는 동기와 해낼 수 있는 능력과 즉각 실천하는 것이 합쳐질 때 일어나는 것이라고. 고통스러운 것은 절대 하지 말고, 고민은 30초를 초과하지 말라고 한다.

이렇게 어두운 터널 안에 작은 전등을 켜듯 작은 습관을 이어오고 있지만, 아직 터널의 끝은 보이지 않고, 내 생활에도 큰 변화는 보이지 않는다. 그러나 지난 두 달 동안 아무엇도 하지 않았다면 두 달 동안 아무 일도 일어나지 않았을 것이다. 이 시기를 지나면 나는 말할 것이다. 어떻게 그 터널을 지나왔는지, 어두운 터널, 지루한 터널이었지만, 그러나 보람 있는 터널, 희망이 있는 빛나는 터널이었다고.

이 시기를 지나면
나는 말할 것이다.
어떻게 그 터널을 지나왔는지,
어두운 터널, 지루한 터널이었지만,
그러나 보람 있는 터널,
희망이 있는 빛나는 터널이었다고.

생각 바꿔 먹기

　　살다가 어려운 일을 당할 때마다 나는 생각 바꿔 먹기, 패러다임 쉬프트Paradigm Shift를 한다. 지금 처한 고단한 상황을 슬쩍 마음 바꾸어 먹으면 괴로운 상황이 달리 보이고 견딜만해지는 것이다.

　　예전에 남편이 정치를 할 때였다. 주민들을 많이 만나기 위해 아침 출근길 인사를 하러 나갔다. 친근하게 인사를 받아주시는 분도 있지만, 급히 뛰어가며 외면하고 가시는 분, 내민 손이 부끄럽게 주머니에서 손을 꺼내지 않으시는 분도 있었다. 민망하고 창피하고 자괴감도 느껴지는 순간이다. 종일 지역 행사를 따라다니며 바삐 지내고 밤늦도록 초상집에 갔다가, 몇 시간 겨우 눈붙이고 새벽 출근길 인사를 나갈 때면 몸과 마음이 힘들었다. 나가 봐야 거절과 무관심을 마주해야 하니 얼굴이 뜨거웠기 때문이었다.

그때 우린 '생각 바꿔 먹기'를 했다. 많은 주민들이 '우리를 위해 출근하시는 분들'이라고 생각하고, 반가운 마음으로 빨리 만나러 가려고 했다. 우리를 만나러 기대하고 나오셨는데 우리가 늦으면 실망하실 거라고 하며 철없는 아이처럼 벙글벙글 웃으며 추운 겨울 새벽을 가르고 거리로 나갔다. 이후 어려운 일이 있을 때면 이렇게 생각 바꿔 먹기를 하며 스스로 위로하고 힘을 낼 때가 많았다.

몸이 아파 며칠 동안 자리에 누워있었다. 지방에 강연이 있거나, 서울 나들이가 며칠 겹치고 나면 어김없이 사나흘 축 늘어져 있다. 거기에다 먹은 게 탈이나 피곤을 더했다. 방송에서는 날마다 8월 무더위 보도를 하며 '열대야 며칠째'라고 카운트를 하고 있다. 언제 끝날지 모르는 폭염에 사람들은 지쳐만 갔다.

어느 순간, 이러고 살아서는 안 되겠다는 생각이 들어 벌떡 일어났다. 아파트 단지 안에 있는 황톳길로 나섰다. 이미 아침 해가 중천이긴 하나, 바로 옆 산에서 내려오는 바람이 있으니 나가보기로 했다. 신발을 벗고, 맨발로 황토를 밟아보았다. 이곳은 몇 달 전 아파트 시공사가 주민 복지를 위해 만들어 준 맨발 걷기용 황톳길이다. 원래 토끼풀이 수북이 자라던 곳인데, 풀을 거둬 내고 삼각형 모양으로 길을 잡았다. 한쪽 변이 약 스무 걸음가량 되는 작은 황톳길이다. 작긴 해도, 작업할 때 보니 커다란 자루에 든 황토를 스무 자루쯤은 쏟아부은 것 같았다.

여름내 해를 만나지 못한 하얀 발로 황토를 밟는다. 이른 아침부터 부지런히 걷던 어르신들은 다 집으로 들어간 후라 나 혼자 걷는다. 혼자 걷는데, 혼자가 아니다. 친구가 있다. 나비가 날고 있고, 어제 내린 비로 바닥에 지렁이가 여기저기 눈에 띈다. 가장자리로는 주민들이 심은 봉숭아가 타는 듯한 햇볕에 끝이 다 말랐다. 봉숭아가 색이 참 여럿이다. 흰색, 분홍, 주황, 진빨강. 배드민턴 올림픽 금메달리스트가 시상대에 올라갈 때처럼 두 손을 높이 펴서 하늘에 승리의 V자를 만들어 보았다. 심호흡을 했다.

생각 바꿔 먹기를 해보기로 했다. 이 끔찍한 폭염의 연속도 이제 얼마 안 남았다. 그래, 가는 여름을 아쉬워하자. 이 달 말까지를 '나만의 휴가'라 생각하기로 했다. 여기가 용평 어디쯤의 고급 리조트라 해도 좋다. 공기가 달고 시원하고, 바로 곁에 있는 산의 나무가 우거져 매미가 목을 놓아 울고 있다. 여기가 하와이라 한들 하등 부족할 것도 없다. 바다는 저쪽에 있을 테고, 산길을 따라 걸으면 아침 햇살은 따가워도 휴양지의 여유가 있다. 그리고 내가 사는 집은 나의 세컨드 하우스라 생각하자. 나의 본향은 저 하늘의 어디에 있으니, 지금 몸 실은 이곳은 별장처럼 잠시 다니러 온 집이라고 가벼이 생각하는 거다. 나는 이제 열흘간 휴가다. 휴가지에서는 집에서 밥을 만들어 먹거나 청소를 하거나 살림을 하지 않는다. 나가서 사 먹고, 배달을 시켜 먹어도 하나도 미안해할 거 없다.

20분쯤 걸으니 땀이 살짝 났다. 길옆 벤치에 앉아 사방을 둘러보았다. 고개를 들어 하늘도 보았다. 나뭇잎 사이로 비치는 뜨거운 아침 햇살이 눈부시다. 가까운 곳에 수도가 있어 진흙 묻은 발을 닦았다. 고무호스를 통해 나오는 물도 뜨거운 열기로 미지근하게 데워져 나왔지만 팔과 다리의 열을 식히기에 충분했다.

다시 살아나는 기분이었다. 조금 생각을 바꾸었을 뿐인데, 뜨거운 여름도 구박하지 않고 아쉬워하며 아껴가며 즐기게 되었고 나의 게으름에도 너그러워졌다. 목 놓아 우는 매미도 곧 귀뚜라미 소리로 바뀔 테니 아깝고 귀하기만 하

다. 휴가지에서처럼 여유롭게 하루를 시작할 힘을 가득 채

워 집으로 들어간다. 아, 나는 자유다.

조금 생각을 바꾸었을 뿐인데,
뜨거운 여름도 구박하지 않고
아쉬워하며 아껴가며 즐기게 되었고
나의 게으름에도 너그러워졌다.
목 놓아 우는 매미도 곧 귀뚜라미 소리로
바뀔 테니 아깝고 귀하기만 하다.
휴가지에서처럼 여유롭게
하루를 시작할 힘을 가득 채워
집으로 들어간다.
아, 나는 자유다.

위로의 음식, 위로의 말

생각만 해도 군침이 도는 음식이 있다. 그 음식을 떠올리기만 해도 마음이 푸근해진다. '컴포트 푸드Comfort Food'라고 하는 이것은 직접 먹지 않아도 생각만으로도 심리적인 풍요로움을 주는 위로의 음식을 말한다. 달콤하고 향긋한 추억에 빠져들게 하는 추억의 음식이다.

음악 감독 박칼린은 어린 시절에 부산에서 살았는데 그때 먹던 콩나물조림을 컴포트 푸드로 기억한다. 그녀가 먹었던 콩나물조림은 바닷가에서 흔히 볼 수 있는 생선 뼈들을 모아 콩나물과 간장을 넣고 푹 졸이다시피 해서 만든 음식이다. 뼈 사이로 몇 올씩 빼 먹는 콩나물은 기가 막히게 맛있었다고 한다. 박칼린 감독에게 콩나물조림은 떠올릴 때마다 어린 시절의 기억과 함께 군침을 삼키게 하고 마음을 평온하게 해주는 음식이지 않았을까 싶다.

나에게도 추억이 깃든 음식이 있다. 어릴 적 먹던 엄마 솜씨의 멸치젓도 그런 음식이다. 싱싱한 생멸치를 사서 굵은소금을 뿌린 뒤에 잘 삭히기만 하면 되는 아주 간단한 것이다. 가시를 발라내고 생멸치의 통통한 살을 떠서 고춧가루, 마늘, 파, 식초 등을 넣고 버무린 멸치젓은 밥도둑이었다. 나중에 이탈리아 음식에 들어가는 앤초비를 보고 우리나라의 멸치젓과 똑같아 놀란 적이 있다. 멸치젓을 먹을 때마다, 이탈리아 음식에 들어간 앤초비를 만날 때마다, 멸치젓을 담그시던 엄마의 모습과 그것을 맛있게 먹던 평화로운 어릴 적 시간을 함께 기억해 낸다.

엄마표 꽃게찌개도 그리운 추억의 음식이다. 알이 가득 밴 꽃게에 된장과 고추장, 고춧가루를 풀고 끓이다 부추를 넉넉히 넣으면 꽃게 살과 알이 함께 어울려 기가 막히게 맛있는 찌개가 된다. 알이 단단히 밴 도루묵찌개나 연탄불에 구운 양미리 등도 군침을 돌게 하는 어릴 적의 추억이 가득한 먹거리였다.

말과 언어에도 위로가 되는 음식과 같은 것이 있다. 몇 몇 단어만 떠올려도 마음의 평온함을 가져다주는 단어가 있다. 타지에 홀로 살면서 간혹 작은 소리로 읊조리는 '어머니'라는 말 한마디에 가족의 정을 느낄 때가 있지 않은 가. 위로의 말. 소리 내어 읽기만 해도 따스해지는 말, 컴포트 워드Comfort Word이다. 위로의 힘을 지닌 아름다운 말은 듣기만 해도 기분이 좋아지고 따스해진다. 미소를 짓거나 혹은 나를 감싸는 듯한 따뜻한 기운을 느끼게 하는 위로의 말들은 추억과 행복의 기억이 묻어 있어 감성을 일깨우며 소통의 효과를 더 높일 수 있다.

　마음이 따뜻해지는 단어는 상대방의 닫힌 마음의 문을 조금씩 열게 해준다. 추억을 떠올리게 하거나 자신의 인생에서 가장 빛났던 순간을 떠올리게 한다면 자연스럽게 마음이 열리는 것이다. 나선희의《따뜻한 말로 이겨라》를 보면, 감성을 떠올리게 하는 말이 어떤 효과를 나타내는지 보여준다. 병원에서 환자들을 대상으로 조사한 결과, 환자를 어떻게 부르냐에 따라 치료 의지가 달라진다고 한다. 환자의 이름만 부르는 것보다 환자의 전성기 직함을 불러주면 얼른 회복해서 남들이 인정해 주던 그때로 돌아가야겠다는 생각에 치료 의지가 높아진다는 결과가 나온 것이다. 홍길동 씨라고 부르는 것보다 그가 가장 전성기였던 시절의 직함인 '국장님'이라는 호칭을 붙여서 불러준다면 좀 더 귀를 기울이고 호감을 느끼게 될 것이다.

1980년대 말에 미국의 대학교수들이 가장 아름다운 말이라고 생각되는 단어를 뽑았다. 숭배, 덕, 환희, 명예, 고독, 신성함, 희망, 순결, 신뢰, 조화, 행복, 자유, 청렴, 숭고, 동정심, 천국 등 참으로 숭고한 아름다움을 지닌 단어들이다. 그러자 젊은 학생들이 이의를 제기했다고 한다. 부자, 영광, 사랑, 월급 등의 말은 왜 뺐느냐고 말이다. 역시 젊은이답다. 이처럼 저마다 아름답게 여기는 말이 제각각이다. 독일인들은 '소유, 든든함, 사랑' 등을 뽑았고 영국인들은 '어머니'를 가장 많이 꼽았다고 한다. 아마도 어머니는 이 세상 누구에게나 아름다운 말일 것이다. 따뜻하면서 감싸 안아 주는 느낌을 가진, 희생과 창조의 근원인 단어이기 때문이다.

일이 잘 풀리지 않고 스트레스 때문에 답답하다면 종이에 자신의 컴포트 워드를 써보자. 안개꽃, 커피, 무지개, 아침 햇살…. 그렇게 50개만 쓰다 보면, 어느덧 답답한 속이 풀릴 것이다. 그리고 일주일 동안 매일 한 번씩 그 종이를 꺼내서 소리를 내어 읽어보면 더욱 효과가 있을 것이다.

아름다운 단어의 힘은 절대 가볍지 않다. 따스함이 묻어나는 말은 얼어붙은 관계를 녹일 수 있다. 말은 비수가 될 수도 있지만, 상처를 어루만져주는 따스한 손길이기도 하다. 그렇다면 내가 사람들에게 뻗어야 할 것은 당연히 비수보다 따뜻한 손길이어야 하지 않을까.

아름다운 단어의 힘은
절대 가볍지 않다.
따스함이 묻어나는 말은
얼어붙은 관계를 녹일 수 있다.
말은 비수가 될 수도 있지만,
상처를 어루만져주는
따스한 손길이기도 하다.
그렇다면 내가
사람들에게 뻗어야 할 것은
당연히 비수보다
따뜻한 손길이어야 하지 않을까.

큰일 없이 눈뜨는 아침에 감사하다

어지러웠다. 누웠다 일어나려니 어지러웠고, 일어나 움직이다 누우려 해도 어지러웠다. 제일 심할 땐 자리에 누울 때, 누웠다 일어날 때, 돌아누울 때, 옆에서 누가 부른다고 고개를 홱 돌릴 때 등이다. 너무 어지럽고 토할 것 같아 눈을 꼭 감고 머리통을 부여잡는다. 한참을 그러고 있다가 눈을 살금살금 떠본다. 기분이 엄청 나쁘다. 인터넷 검색을 해보니 어지럼증은 이석증, 메니에르병, 뇌 질환 등을 의심해 볼 수 있다고 한다. 원인도 잘 모르겠고, 저절로 나아지는 경우도 있다고 하고, 심한 경우 더 큰 병일 수도 있다고 하니 두려워 며칠을 두고 보았으나, 차도가 없었다.

일주일쯤 고생하다가 병원에 갔더니 먼저 문진표를 작

성하라고 했다. 어지러울 때 내가 도는 것 같으냐? 아니면 세상이 도는 것 같으냐? 묻는다. 잘 모르겠다. 어지럽고 토할 것 같을 때면, 눈을 꽉 감고 머리통을 부여잡고 몸을 새우같이 구부리고 얼마간 그렇게 멈춘 자세로 있는다. 그러면 어지럼증이 조금 사라지는데, 눈을 질끈 감은 내가 그걸 어찌 알아. 어지럼증도 그렇고, 세상살이도 그렇고 어지러울 땐 눈을 똥그랗게 뜨고, 내가 돌고 있는지 세상이 도는지 분별해야 해답이 나오는가 보다.

진료가 시작됐다. 스키 고글처럼 생긴 3D 안경을 쓰게 하고 의자에 앉히더니 내 머리를 잡고 45도 고개를 돌려 뒤로 팍 누인다. 그러잖아도 어지러운데 그렇게 확 뒤로 눕히니 어지러워 죽을 지경. 눈을 질끈 감았다. 근데 눈을 동그랗게 뜨란다. 그러면 그 안경을 통해 의사 선생님이 환자 눈의 움직임을 본다. 눈동자의 움직임이 어느 한쪽으로 빠르게 왔다 갔다 하는 것을 보고 이석증이란 진단이 나왔다.

이석증. 몸의 균형을 담당하는 이석이라는 조그만 돌이 원래 위치에서 떨어져 나와 반고리관 내에 흘러 다녀, 자세를 느끼는 신경을 과도하게 자극해 생기는 증상이라고 한다. 심한 어지러움과 울렁거림, 구토 등을 유발한다. 이유는 확실하지 않지만 외부 충격, 골밀도 감소, 바이러스 감염 등이 원인이 되기도 한다. 요즘은 코로나19 후유증으로 어지럼증을 호소하는 사람들도 많다. 떨어져 나간 이석을 제자리로 돌리는 자세 교정 치료를 조금 하고, 먹는 약과 운동법을 처방받았다. 어떤 병원에서는 신경안정제를, 어떤 병원에서는 멀미약을 처방하기도 했고, 어떤 곳에서는 골밀도가 떨어져 이런 증상이 생긴 것이라고 비타민D 복용과 햇볕을 쬐는 산책을 권하기도 했다.

한참 증세가 심할 때 어머니 기일이어서 친정 동생들이 다 모였다. 요새 많이 어지럽다고 했더니 올케가 "어머니도 이석증으로 고생하셨어요. 심하실 땐 방바닥을 기어다니셨어요"라고 한다. 난 왜 그걸 잊었지? 혈압이 높으셔서 지하철에서 코피가 터진 사고가 일어난 기억은 난다. 병원에선 코 혈관이 터진 것이 다행이라고, 뇌로 터졌으면 큰일 날 뻔했다고 말하기도 했다. 그래서 그 기억만 있었지, 엄마도 어지러웠다는 건 까맣게 잊고 있었다.

하긴 내가 기억하는 게 무언들 남아있겠는가 싶다. 나는 생각보다 참 허술한 인간이어서 아주 중요한 일들은 다 잊어버리고 아주 사소한 몇 가지 장면만 오래 붙잡고 기억하고 있는 경우가 많다. 벌써 20년쯤 전의 일인데, 요즘 같은 치료법이 있었다면 엄마도 고생 안 하고 금방 고치지 않았었을까 싶다.

아픈 걸 친구들에게 널리 자랑했더니, 여러 가지 치료 방법과 병원 정보가 나왔다. 어떤 친구는 고개를 숙이고 코끼리 코처럼 만들어 몇 바퀴를 도는 걸 가르쳐 주기도 했다. 내가 받은 처방은 누워서 4분의 1바퀴씩 방향을 바꾸고 2~3분씩 자세를 바꾸어 누워있는 것이다. 하루에 3번씩 운동하듯 하라고 해서 실천해 보니 효과가 있는 것 같았다. 요즘은 살짝 어지러워지려고 하면 그 운동법으로 미리 자가 예방 치료를 해서 심각한 상황을 막기도 한다.

요즘 나이 든 사람들이 모여 앉으면 하는 이야기가 대략 몇 가지로 나뉜다. 대통령 이야기부터 시작해 정치 얘기로 열 올리는 사람들, 몸 아픈 이야기와 병원, 영양제 이야기를 하는 사람들, 재산 증식에 관심 있는 사람들, 드물게 연예계 이야기를 하는 사람들 등이다. 그러고 보니 나도 오늘 아픈 이야기, 병원 간 이야기를 한참 늘어놓고 말았다.

그래도 덕분에 주변에 같은 증상으로 아픈 사람들을 많이 알게 되었고, 공감하고 치료법을 나눌 수 있었다. 그리고 아무 문제 없이 눈을 뜨는 아침이 기적처럼 느껴져 감사하게 됐다.

　새로운 하루를 시작하며 오늘 어지럽지 않고, 허리 아프지 않고, 가슴 답답하지 않으면 오늘 내 인생 최고로 행복한 날이라고 스스로 위로하고 감사한다.

새로운 하루를 시작하며

오늘 어지럽지 않고,

허리 아프지 않고,

가슴 답답하지 않으면

오늘 내 인생

최고로 행복한 날이라고

스스로 위로하고 감사한다.

———————————————————

아프니까 노년이다!

한때 '아프니까 청춘이다'라는 말이 유행한 적이 있었다. 서울대 김난도 교수가 쓴 같은 이름의 책 때문이다. 취업, 결혼, 성공, 인생 목표. 뭐 하나 분명하지 않은 청춘의 고민에 공감하는 멘토링으로 젊은이들의 공감을 샀다. 책이 나온 지 10년이 넘은 오늘날도 청춘의 고민은 더 심하면 심하지 덜하진 않은 것 같다.

몇 년 전이지만 '아프니까 청춘이다'가 다시 입에 오른 일이 있었다. 코로나19 백신을 맞고 나서의 얘기다. 처음 75세 이상 어르신들과 의료진 등 필수 요원들에게만 백신이 배정됐을 때에는 백신 주사 후 반응이 그리 다양하진 않았다. 그러나 이후 65세 이상으로, 다시 60세 이상으로,

그리고 사람들 접촉이 많아 백신이 꼭 필요한 젊은 사람들까지 맞게 되자, 반응이 다양하게 나타났다.

처음 시니어들 사이엔 접종 후 딱히 아픈 곳도 없이 거뜬히 지나갔다는 것이 몸이 건강한 증거인 듯 자랑스럽게 여겨졌다. 그러다 생리적 활동이 활발한 젊은이들이 접종 후 발열, 두통, 근육통 등을 호되게 앓는다는 이야기가 나오자 접종 후 반응으로 세대가 대별되기 시작했다. 말하자면 젊을수록 백신 후 증상이 심하고, 노인들은 그리 큰 몸살 없이 지낸다는 것이다. 그래서 사람들은 '아프니까 청춘이다'를 코로나 백신 후에 말장난 삼아 이야기하곤 했다.

그러나 '아프니까 청춘이다'라는 말보다는 여전히 '아프니까 노년이다'는 말이 진리처럼 다가온다. 얼마 전까지만 해도 친구들로부터 들려오는 소식은 부모님들 얘기였다. 시부모님, 친정 부모님이 한두 분씩 편찮으시기 시작하고, 입원을 하고, 이후 치매를 겪고, 요양원에 가고, 암 판정을 받고, 한 분 두 분 세상을 하직하시기 시작했다. 그러자 이제는 배우자와 본인이 아프다는 소식을 듣는다. 고혈압, 당뇨 정도는 누구나 한 가지쯤 가지고 있어 약을 상복하고 있고, 겉으로 건강해 보이는 친구도 무릎이 혹은 허리가 속을 썩이고 있다. 귀에 이상이 생겨 어지럼증을 겪는 친구도, 심장 때문에 고생하는 친구도 있다.

최근 가족이 몇 가지 검사를 하느라 입원을 하게 되어 나는 병원에 며칠 동안 보호자로 있었다. 병원에 와보면 온 세상이 아픈 사람투성이다. 이 가운데서도 환자이지만 말도 잘하고 밥도 잘 먹는 사람부터 시작해, 걷기만 해도 뛸 듯이 기쁠 것 같은 사람, 밥만 먹게 되어도 소원이 없는 사람, 눈만 한 번 떠주길 간절히 바라는 사람 등 상태가 여러 가지다.

이 땅에 나왔다 가는 과정을 한눈에 보여주는 곳이 병원이다. 고통에 신경이 날카로워진 환자들과 간호하느라 지친 보호자들이 치열하게 하루하루를 견디고 있었다. 병원에 오고 가는 사람들은 모두 자신이든 남이든 누군가 아픈 사람과 관계되어 있어 표정도 우울하고 자신도 모르는 사이에도 저절로 한숨을 쉬었다.

병원에 오면 누구나 철학자가 된다. 인생에 겸손하게 된다. 왜 나만 이런 병이 걸렸는지 억울해할 것도 없고, 나는 아무렇지도 않아 천만다행이라고 자만할 것도 없어진다. 다 생각하기 나름인데, 몸이 아픈 이 상황 또한 더 좋은 길로 가기 위한 행운의 다리일 수 있고, 쉼 없이 달리던 길에 잠시 쉬어가라는 브레이크일 수도 있으니까 말이다.

착하게 살았는데, 교회 다니는데, 불심이 깊은데 왜 병이 나고 고난을 받는지 물을 것도 없다. 어느 누구는 심성이 사악하고, 욕심 사나워 악한 일을 밥 먹듯 하는데, 왜 잘 먹고 잘 사느냐고, 세상은 공평하지 못하다고 불평할 일도 아니다. 저세상 가는 길에는 세상의 명성도 재물도 가져갈 주머니가 없다. 자연의 이치대로 땅에서 나왔으니 땅으로 돌아가는 길밖에 없다. 가난한 자나 부자로 누리고 산 자나 높은 데서 보면 모두 짧은 인생이고 허무한 인생이다.

그러니 일희일비하지 않았으면 좋겠다. 아프면 아픈 대로, 속 썩이면 속 썩는 대로 의연했으면 좋겠다. 어떤 병마나 상황의 변화에도 지배당하지 않고 담담하게 살았으면 좋겠다. 왜냐하면 아프니까 노년이기 때문이다.

어떤 병마나 상황의 변화에도
지배당하지 않고 담담하게
살았으면 좋겠다. 왜냐하면
아프니까 노년이기 때문이다.

'마이크로바이옴' 식탁이 뭐길래

나는 요즘 SNS에 음식 사진을 올리고 있다. 예전엔 자기가 먹은 거, 만든 거, 구경 간 곳 사진을 찍어 올리는 사람을 보면 이해하지 못했는데, 그 일을 내가 하고 있다. 시작은 후배 아나운서가 권해서였다. 장내 미생물을 건강하게 하기 위해 '마이크로바이옴' 식탁을 차려 먹고, 숙제하듯 사진을 찍어 올리기로 했다. '마이크로바이옴Microbiome'이란 장내 미생물 환경이라는 뜻인데, 대장 속에 유익한 균이 많아야 면역력도 높아지고 뇌도 건강해진다고 하니 건강을 위해 함께 시도해 보기로 한 것이다.

서울대학교 생명과학부 교수이며 천랩 대표였던 천종식

박사의 설명에 따르면, 잘 먹고도 건강하게 살 수 있는 방법이 바로 장내 미생물에게 좋은 먹이를 주는 것이다. 밀가루로 만든 빵이나 국수, 흰밥 같은 단순 전분은 빨리 분해되기 때문에 대장까지 내려가기도 전에 모두 소화되고 만다. 그러면 대장 내에 살고 있는 세균은 쫄쫄 굶게 된다는 이야기다. 미생물이 굶으면 어떻게 되는가? 미생물 먹이를 제대로 공급해 주지 않으면 굶주린 미생물들은 장 점막을 갉아 먹게 되고, 점막에 틈이 생기면 대장 속으로 산소가 들어가고 나쁜 미생물이 늘어나 염증에 취약하게 된다. 그 결과 이유 없이 소화가 안 되고, 변비와 설사가 반복되는 장 트러블이 생기게 된다.

가정의학과 전문의 김해영 박사는 장내 미생물을 배불리 먹이기 위해서 착한 탄수화물인 '맥Mac' 음식을 추천한다. 사람의 소화 기관에서 분해하지 못하는 통곡물이나 식이섬유가 풍부한 녹색 채소와 뿌리채소, 버섯 종류, 껍질째 먹는 과일, 견과류, 씨앗 등이 여기에 속한다. 미생물의 좋은 먹이다. 다양한 장내 미생물을 잘 먹여 키우려면 일주일에 30가지 이상의 맥 음식을 섭취해야 한다. 형제가 여럿이니 각자 좋아하는 것으로 골고루 준비해 주라는 말이다.

일단 아침 한 끼 정도를 마이크로바이옴 식탁으로 준비

한다. 한 접시에 모두 담는다. 반반 접시를 만든다. 내가 좋아하는 음식도 반 담고, 미생물 먹이도 반 담는다. 다른 다이어트 음식과 다른 점은 풍부한 영양소를 가진 다양한 음식을 먹을 수 있어 배고픔을 참지 않아도 된다는 것이다. 이 점이 아주 만족스럽다.

마이크로바이옴 식탁을 실천하다 보니, 외식할 때도 먹는 게 달라졌다. 메인으로 시킨 음식보다 반찬으로 나오는 야채에 눈이 먼저 간다. 양배추를 새콤달콤하게 무쳐놓은 것, 깻잎나물, 브로콜리 데친 것, 땅콩 조림에 정신을 홀딱 빼앗긴다. 고기 넣은 된장찌개를 시켜도 함께 들어 있는 나박나박 썰어 넣은 싱싱한 호박과 두부가 더 반갑다.

해장국 집에서도 배추 우거지와 콩나물이 더 반가웠다. 함께 나온 흰 쌀밥은 쳐다보지도 않고 건더기를 홀딱 건져 먹었다. 좀 더 먹었으면 싶었다. 6,000원짜리 해장국 먹으며 건더기 더 달라고 한다고 흉을 보는 건 아닌지 해서 눈치가 보였다. 그래도 말이나 해보자며 용기를 내었다. 모기만 한 소리로 더듬더듬 말했다. "여기… 건더기 좀 더…."

사장님은 흔쾌히 그러겠다고 하시더니 대접 한가득 건더기를 퍼 오셨다.

"한때는 대통령보다도 더 유명하셨던 분들이잖아요!"(그분의 표현을 그대로 옮긴 것이니 불편해하시지 않길 바란다.)

'이크, 누군지 벌써 다 알아버리셨다는 거 아냐. 그런 줄 알았으면 더 달라고 하지 말걸' 하고 잠시 후회가 되었다.

한 대접을 뚝배기에 쏟아부으니 또다시 한가득이다. 아주 만족스러웠다. 2인분을 먹은 셈이다. 이게 다 마이크로바이옴 덕분이다.

마이크로바이옴에 관심을 가지게 된 후 많은 걸 느낀다. 우선 우리의 먹을거리가 참 다양하다는 걸 다시 깨닫게 되었다. 농산물 직판장에 가서 껍질 있는 야채들을 보물처럼 담아 오게 되었다. 그리고 자연의 산물이 얼마나 아름다운지 다시 발견하게 되었다. 그냥 있는 재료를 다 꺼내어 썰어 한 접시에 담았는데, 마치 알록달록 수채화를 그린 것 같은 한 접시가 되었다. 자연의 색깔이 이렇게 아름답다니! 이렇게 귀한 작물을 키워낸 손길에 감사했다.

천종식 박사의 주장처럼 이제는 칼로리를 기준으로 음식을 선택하는 것이 아니라, 장내 미생물을 기준으로 음식과 요리를 재구성해야 한다. 마이크로바이옴은 우리 각자가 스스로 만들어 가는 것이고 자신이 CEO가 되어 장내 미생물을 잘 경영해야 한다.

힘들게 일한 다음 날 아침, 무엇을 요리해 나를 위로할까? 곧 답이 떠올랐다. 야채를 먹자. 예쁘게 담아 먹자. 건강하게 먹자. 색깔 맞춰 먹자. 나를 위해, 나의 '장미(장내 미생물)'를 위해 마이크로바이옴 식탁을 차리기 시작했다. 호박과 빨간 방울토마토를 구워 올리브 오일을 뿌린 한 접시, 새송이버섯과 줄기 콩을 볶아 또 한 접시, 그리고 감자는 껍질째 익혀 따뜻할 때 치즈를 올렸다. 장미들이 기쁜 잔치를 벌이니 나도 힘이 났다. 이제 또 새로운 에너지를 얻어 새로운 하루를 시작한다.

힘들게 일한 다음 날 아침,
무엇을 요리해 나를 위로할까?
곧 답이 떠올랐다.
야채를 먹자. 예쁘게 담아 먹자.
건강하게 먹자. 색깔 맞춰 먹자.

뇌를 건강하게 하는 슬기로운 방법

뇌인지과학자 이인아 교수는 한 방송 프로그램에 출연해 AI 시대를 맞은 인간의 뇌에 대한 흥미로운 이야기를 전했다. 우리 뇌의 중요한 기관인 '해마'는 살아있는 동안 끊임없이 학습하고 기록하는데, 이를 활용해 미래에 대한 판단 등을 위해 정보 처리 역할을 한다고 한다. 그런데 이 해마가 손상되면 새로운 사건이 벌어져도 기록이 안 되어서 치매나 알츠하이머 같은 증상이 생긴다. 예를 들면, 해마가 손상된 사람은 빌린 돈을 갚았어도, 돈을 갚은 사실이 기록되지 않아 돈을 또 달라고 할 때마다 자꾸 주게 된다는 것이다.

이인아 교수는 해마를 건강하게 하는 방법으로 '오늘의

기억을 꺼내 보며 기록하기, 일상적인 대화하기, 디테일한 부분을 기억하려고 노력하기’ 등을 말하며 해마를 ‘괴롭혀라’라고 주문했다. 또한 흥미롭게도 이 교수는 뇌라는 공간을 ‘정원 가꾸기’에 비유했다. AI 시대를 맞아 더 이상 인간의 설 자리가 남아 있지 않는 것 같은 불안이 있지만, 우리 각자가 이 뇌라는 공간에 무엇을 넣는지에 따라 나만의 독특한 방식으로 배치된 아름다운 정원을 만들 수가 있다는 것이다. 세상에 단 하나뿐인 나만의 아름다운 정원, 자기만의 정원을 잘 가꾸라는 이야기이다. 참으로 안심이 되는 주문이다.

그러면 해마를 괴롭히는 방법은 무엇이 있을까? 그 프로그램을 보며 결론 내린 나의 방법은 바로 ‘읽고, 듣고, 말하고, 쓰자’이다.

노화와 치매 연구의 권위자 켄터키대학교 신경과학과 데이비드 스노든 교수는 노트르담 수녀들 678명을 대상으로 30년간 연구했다. 그 결과, 7~8시간의 충분한 수면, 건강한 식습관, 규칙적인 운동, 명상, 요가 같은 효과적인 스트레스 관리와 더불어 평생 학습을 통한 인지 기능 유지가 치매 예방에 큰 도움이 되었다고 밝혔다. 또한 삼성병원 정신건강의학과 전홍진 교수의 말에 따르면 인지 기능을 유지하기 위해서는 손으로 글을 쓰는 것, 그러니까 젊었을 때부터 일기를 쓰고, 어휘 훈련을 하는 것이 뇌의 해마를 운동시키는 좋은 방법이라고 한다. 새로운 단어를 자꾸 듣고 써보는 어학 연습도 좋은 방법이 된다고 한다. 좀 더 어려운 전문 용어로 말하면, 뇌의 해마를 훈련시키는 해마 운동을 해야 한다는 말이다.

나는 매일 아침 세 페이지씩 모닝 페이지를 쓰고 있다. 이렇게 모닝 페이지를 기록하다 보니 손으로 글을 쓰는 일의 좋은 점을 많이 느끼고 있다. 정신이 맑은 아침에 글을 쓰는 건 축복 같은 일이다. 어제 있었던 일 가운데 잊지 않았으면 하는 일들을 자세하게 기록하고, 방금 잠에서 깬 꿈 이야기도 적는다. 미래에 대한 걱정이나 불안도 마음껏 쏟아내지만 앞으로 하고 싶은 일에 대한 비전도 기록한다. 그러다 보면 내 인생이 그냥 바람결에 사라져 버리지 않는 것 같은 안도감이 생긴다.

'성경 읽는 신권사'라는 이름으로 성경을 낭독해 온 나는 최근 잠언과 시편 영상이 각각 조회수 400만 회를 넘어서는 놀라운 기록을 보게 되었다. 많은 분들이 반복해서 듣고 계시는 것을 알게 되었고, 듣는 것에서 한 걸음 더 나아가

필사해 보시면 좋겠다는 생각이 들어 필사책을 내 보면 어떨까 하는 생각에 이르게 되었다. 그리고 《잠언 읽고 잠언 쓰자》, 《시편 읽고 시편 쓰자》라는 책을 만들게 되었다. 모두 손 글씨를 오랫동안 쓴 덕분이라 할 수 있다.

많은 분이 벌써 잠언과 시편 필사를 시작했다는 기쁜 소식을 전해온다. 숨 가쁘게 이어지는 우리의 삶에 잠시라도 고요한 시간을 마련하고 가만히 앉아 지혜의 말씀을 따라 적어보면 평안과 위로의 시간을 누릴 수 있다. 나는 필사를 하기 전에 꼭 손을 씻는다. 그러면 마음도 정결해지고 차분해진다. 그리고 마음에 드는 펜을 꺼내 써 내려가기 시작한다. 필사라고 해서 무조건 베껴 쓰는 것이 아니다. 곰곰 생각하며 내용을 잘 음미하며 옮겨 쓰는 게 중요하다. 유명한 작가들은 자신의 습작 기간에 존경하는 선배 작가의 작품을 무한히 필사했다고 하지 않던가. 솔로몬의 지혜의 말씀인 잠언 말씀과 다윗 왕의 아름다운 시편 말씀을 옮겨 쓰다 보면 내 삶에 꼭 필요한 지혜의 말씀이 어느새 내 마음 속에 자리 잡고 있는 것을 느낄 수 있다.

오늘부터 당장 우리 뇌를 젊고 건강하게 유지하는 비법을 실천해 보시길 바란다. 뇌의 해마를 괴롭혀 보시기 바란다. 읽고, 듣고, 말하고, 쓰는 일을 정성껏 시작해 보시라.
그러면 명징한 기억력으로 나만의 아름다운 정원이 펼쳐
질 것이다.

100살까지 살 수 있을까?

태어나 처음으로 '100살까지 살아볼까?'라는 생각을 해
보았다. 지금까지 단 한 번도 내가 백 살을 산다는 생각을
진지하게 해본 적은 없었던 것 같다. 꿈도 꾸지 않았다. '이
제는 백세 시대이다', '모세 나이만큼 120살까지 산다', '앞
으로는 150살도 살 수 있다' 하는 말들을 그저 남들 따라
입에 올리긴 했지만 사실 전혀 실감도 나지 않고 나와는
먼 이야기라 생각하며 살아왔다.

100살은커녕, 그전 언젠가는 죽을 것인데, 언제, 어떻게
살다가 어떤 모양으로 죽을 것인지 막연히 두렵고 염려가
될 뿐이다. 만약, 만약 내가 100세를 산다면, 분명 미디어
에서 취재를 나올 텐데 적어도 김형석 선생님처럼 단정하

고 꼿꼿한 모습으로 계속 글을 쓰고, 강연을 하고 있어야 하지 않을까. 일본의 '아라한(Around Hundred, 100세 전후)' 작가의 한 사람인 시바타 도요 할머니처럼 백세 할머니가 쓸 수 있는 글을 써 책을 내고 있어야 당당히 할 이야기가 있지 않을까 싶다.

'100세까지 살아볼까' 하는 생각을 해보게 된 계기가 있었다. 넷플릭스 시리즈 〈100세까지 살기: 블루존의 비밀 Live to 100: Secrets of the Blue Zones〉이란 프로그램을 보면서였다. 모험가이자 장수 연구가인 댄 뷰트너가 전 세계 장수촌 마을을 방문하고 그곳을 '블루존'이라 이름하며 장수촌에는 무슨 비밀이 있는가를 연구한 프로그램이다. 네 개의 연속물로 제작된 이 프로그램은 일본 오키나와, 이탈리아의 사르데냐, 코스타리카의 니코야, 그리스 이카리아, 미국 캘리포니아, 로마 린다를 방문하며 100세를 살고 있는 장수자들의 삶의 모습을 담았다.

나라마다 마을마다 조금씩 차이점은 있으나, 장수에 도움이 되는 공통적인 건강 습관은 생활 속에서의 자연스러운 움직임, 올바른 인생관, 채식 위주의 식사에 와인을 곁들이고 음식은 적당하게 먹는 식습관, 가족이나 친구와 유대 관계를 갖고 모이고 소통하는 기회를 많이 가지는 것이었다.

오키나와에서는 '하라 하치 부' 즉, 배의 80%만 채우기와 평생 서로 돕고 함께 살아가는 공동체 그룹 활동을 실천하고 있었고, 유럽과 미국 장수촌에서도 따로 특별한 운동을 하진 않지만 끊임없이 움직이는 삶, 그러니까 정원이나 채소밭을 가꾸고, 부엌일을 하고, 동네를 산책하는 모습이 많이 나왔다. 특히 나의 눈에 띄는 장면은 어디를 가나 빛나는 태양이 있고, 장수자의 얼굴엔 함박웃음이 있다는 것이었다. 미소는 주름을 가렸다. 공기는 얼마나 좋을까, 음식은 얼마나 건강할까. 모든 게 부럽기만 하였다.

오래전부터 장수촌으로 알려진 곳들 외에도 최근엔 싱가포르도 블루존으로 주목받기 시작했다. 대도시 한가운데가 장수촌으로 변모하게 된 것은 국가의 정책 덕분이었다. 단지 오래 사는 것만 아니라 건강하게 오래 사는 것이 중요하다는 것을 깨달은 정부 주도로 웰빙 환경을 만들었다. 다른 장수마을의 경우, 전통적으로 그들만의 생활 방식과 자연환경, 도시 문화로부터 고립된 환경이 건강과 장수를 보장해 주었다면 싱가포르는 도심 한가운데에서도 장수할 수 있다는 사실을 증명해 보인 것이다.

이를테면, 자동차를 타지 말고 걷도록, 사랑하는 이들과 가까이 살도록, 소속감을 느끼도록, 건강한 식습관을 갖도록 보편적 의료 서비스를 지원하고 엄격한 법률을 만들었다. 보행자 우선 신호 체계를 만들고, 자동차를 소유하기 위한 비용을 엄청나게 비싸게 만들어 차라리 걷고 대중교통을 이용하는 게 낫도록 했다. 부모와 자녀가 함께 살거나 가까이 살면 보조금을 지급하자, 고령층 기대 수명이 연장되었다. 건강한 식습관을 위해 나라가 노력했다. 정크푸드는 줄이고, 설탕과 나트륨이 적게 들어간 식품에는 라벨을 부착해 격려했다. 건강에 치명적인 담배에 높은 세금을 매겼으며 마약은 철저하게 단속하고 적발되면 엄벌에 처했다.

그러고 보니, 건강이나 장수가 개인이 죽도록 노력해야 얻어지는 일만은 아닌 것 같다. 나라가 국민의 건강에 진지한 관심을 가지고 정책을 잘 세워주면 평범한 우리도 100세를 꿈꾸어 볼 수도 있다는 얘기다. 그런데 과연 내 나라의 음식 문화, 방송 문화가 우리를 건강하게 이끌고 있는지 물음표가 생긴다.

'먹방'이라는 용어가 유행하며 맵고, 짜고, 기름지고, 어지럽도록 단 음식이 도처에 있다. TV를 켜면 유명인들이 나와 기름지고 맵고 건강에 해가 될 만한 음식과 주류를 맛있게 광고하고 있다. 단 과일에 설탕물을 듬뿍 바른 음식이 어떻게 어린아이들 사이에 유행하도록 내버려두며, 매워서 펄펄 뛸 만한 음식을 파는 곳이 그렇게 많아도 되는 것인지, 마약이 이렇게 창궐하도록 그동안 법은 어디에 있었단 말인지. 숨이 턱턱 막힌다.

100살까지 한 번 살아볼까? 하는 기대가 허황한 꿈이 아니었으면 좋겠다. 우리나라도 이제 초고령 사회로 접어들었는데, 젊은이들에게 짐만 되는 병 들고 쓸모없는 노인이 아니라 건강하게 이 사회에 이로운 일을 하고 있는 노익장으로 생존했으면 좋겠다. 개인도 애써보겠지만, 나라가 좀 도와주었으면 좋겠다.

급식은 잘못이 없다

시니어 아파트로 이사 가자고 남편이 제안했을 때, 나의 의견은 100% 'No'였다. 이 젊은 내가, 그때만 해도 예순을 갓 넘은 새파랗게 젊은 내가 왜 노인들만 사는 시니어 아파트에 들어가느냐며 단호히 거절했다. 그러나 결국 동의하고 이사를 오게 된 데에는 두 가지 이유가 있었다.

우선, 부엌으로부터 졸업하게 해주겠다는 남편의 말에 솔깃했다. 구내식당이 있어 삼시 세끼 밥을 해준다니 이제 우리 집 부엌에선 차 한 잔만 끓여 먹으면 된다는 설득이 효과가 있었다. 또 하나는 '나이 먹은 사람들만 있는 곳 싫다고 말하지 말아라, 너도 곧 그렇게 된다'는 자각에 이르렀기 때문이다.

하지만 난 알고 있었다. 급식이란 게 얼마나 큰 함정인지. 근무하던 대학에도 구내식당이 있었다. 기숙사 학생들은 이른바 '학식'이라는 하루 세 끼 비용을 등록금과 함께 지불한다. 그러나 학교 밖은 맛있는 것 천지이고 영양가 골고루 갖춘 학교 식당 밥은 매력이 없다. 간혹 총장님이 손수 계란프라이를 부쳐주기도 하고, 밥 대신 빵과 베이컨 등을 조식으로 제공하지만 학생들에겐 큰 도움이 되지 않았다.

소설가 권여선의 음식 에세이《오늘 뭐 먹지?》를 보면 작가들이 모여 글을 쓰며 지내는 창작촌에서 급식을 먹는 이야기가 나온다. 창작촌의 급식은 절대 빈약하지 않지만, '대체로 먹을 만하다'라는 게 문제라고 지적했다.

"급식은 규격화되고 평준화된 식단과 조리법을 따른다. 비용의 문제도 있지만, 곰삭은 홍어나 개장국, 독하게 매운 냉면을 급식에 넣을 수는 없다. 급식은 일반적으로 누구나 다 잘 먹는다고 인정된 음식을, 누구나 적당하다고 생각하는 간으로 조리하여 낸다. 이런 음식을 오래 먹다 보면 어느 날 갑자기 억압된 미각이 화산처럼 폭발하는 것을 느낀다. 혀가 아우성을 치기 시작하는 것이다."

아니나 다를까, 이곳 시니어 아파트의 구내식당에서도

실력 있는 영양사가 심혈을 기울여 짠 메뉴로, 일류 셰프가
쉼 없이 요리를 해내지만 먹는 사람들은 불평이 입에서 떠
나질 않는다. '간이 너무 싱겁다, 생선구이가 너무 말랐다.
아침 식사에 음식량이 너무 많다. 줄을 서서 타 먹는 게 영
맘에 들지 않는다. 밥을 왜 미리 담아주지 않고 뷔페처럼
각자 떠먹게 하느냐' 등등. 그렇게 불평불만을 하며 먹는
급식은 맛이 있을 리가 없다.

구내식당 급식에 관한 한 나는 일가견이 있는 편이다. 아
나운서 시절, 저녁 뉴스를 오래 하다 보니 나의 저녁 식사
는 언제나 구내식당 밥이었다. 근처 식당에라도 나가 보고
싶지만, 뉴스 준비를 하기에도 턱없이 부족한 분초를 다투
는 시간이기에 외식은 엄두를 내지 못했다. 저녁 6시가 되
면 당일 순환 근무를 하는 야근자와 함께 지하 식당으로
내려간다. 보통 밥과 국, 그리고 김치가 기본이고 거기에
두 가지 정도 반찬이 나왔다. 오랜만에 야근인데도 불구하
고 대부분의 야근자는 식당 밥이 맛없다고 불평했다.
그런데 날마다 구내식당 급식을 먹어야 하는 내게는 특
별한 비법이 있었다. 일단 날달걀을 산다. 그리고 주방 아
주머니께 큰 대접과 고추장, 참기름을 특별 부탁드린다. 매

일 저녁 프라임 타임 뉴스 진행을 하는 앵커라고 특별 대우를 해주신 건지, 매일 저녁 회사 밥으로 때우는 나의 상황이 딱해서인지는 모르겠으나, 식당 이모님들은 내가 가면 으레 큰 대접과 고추장, 참기름을 준비해 주셨다.

큰 대접에 밥 두 개, 어묵볶음이나 오이지무침과 같은 반찬을 모두 섞고 고추장과 참기름, 날달걀 그리고 계절마다 달라지는 김치도 충분히 넣어 밥을 비빈다. 국에 들어있는 콩나물이나 아욱 건더기도 환영이다. 그렇게 한 대접 가득 밥을 비벼 야근자와 둘이 나눠 먹으면 그야말로 꿀맛 같은 비빔밥이 되었다. 지루한 회사 저녁밥을 날마다 근사한 소풍처럼 만드는 나를 보고 한 선배가 말했다. "너는 절에 가서도 새우젓을 얻어먹겠구나." 이후 나는 선배들 사이에 '뭐든지 잘 먹는 아이'로 기억되는 영광을 누리게 되었다.

그 이력을 살려 불평 많은 시니어 아파트 구내식당에서도 좋은 점을 찾으려 애쓴다. 설날엔 떡국, 정월 대보름날엔 오곡밥과 다섯 가지 나물을 챙겨주고, 신선한 채소로 만든 샐러드가 매일 조금씩 나오고 단백질, 무기질, 탄수화물 골고루 챙긴 식단을 제공하니 얼마나 좋은지 모른다. 이렇게 여러 가지 재료를 집에서 씻고 다듬고 끓이고 볶는 걸 안 하는 것만으로도 주부인 내겐 큰 행운이라 여겨진다.

오늘 저녁은 현미밥에 카레, 새우튀김, 콩나물국이라고
한다. 가자. 먹으러. 오늘도 우리 집 부엌은 '닫힘' 팻말을
걸어두고 말이다.

라면, 잊히지 않는 기억의 모퉁이마다

부엌일은 아주 젬병이라고 할 때 우리는 "라면 하나도 못 끓인다"라고 말한다. 그런가 하면 그래도 자기 먹을 건 챙겨 먹을 줄 알 때 "라면 정도는 끓일 줄 안다"라고 말한다. 라면은 부엌에서 할 수 있는 최소한의 식사 준비이고, 부엌이 아닌 곳이라도 언제나 손쉽게 끼니를 대신할 수 있는 만만한 음식이란 얘기다.

그렇게 손쉬운 라면은 배고픔을 가시게 하는 '채움의 음식'이어야 하는데, 라면을 떠올리면 채워지기 전의 배고픔과 결여, 부족함, 서러움이 먼저 떠오른다. 아마도 인스턴트 라면의 시작이 전쟁 중이었고, 배고픔의 한가운데였기 때문일 것이다. 1958년, 일본에서 처음 탄생한 인스턴트

라면은 전쟁의 폐허 속에서 피어난 기적 같은 음식이었다. 배고픔이 지배하던 시대에 따뜻한 국물 한 그릇은 생존을 넘어 평화를 상징하는 위로였다. 우리나라에 라면이 처음 들어온 것도 먹을 게 흔하지 않고, 모두가 배고픈 시절이었다.

내 삶의 모퉁이마다도 라면의 기억이 있다. 고등학교 때였다. 미국서 살다 오신 엄마 선배분께 영어를 배우러 그 집으로 간 적이 있다. 학교가 일찍 끝나면 수업 시간 전이라도 와서 라면을 끓여달라 하라고 말씀하셨다. 왠지 라면을 청해 먹을 때는 정문으로 벨을 누르고 들어가지 않고 부엌으로 통하는 뒷문으로 들어간 기억이 있다. 언제나 배고플 때 신청하라고 하셨지만, 숙맥인 나는 "라면 주세요." 하는 말이 입에서 잘 나오지 않았다. 그 댁의 도우미 아주머니가 먼저 "라면 끓여주랴?" 하면 그제야 말없이 고개를 끄덕였다.

대학 시절 한 달간 입주 과외 교사를 한 적이 있었다. 모처럼 오전에 수업이 없는 날은 느지막이 침대에 누워 게으름을 피우고 싶었으나 그 댁 일하는 언니가 청소하러 들어와 기겁하고 일어나야 했던 일이 잊히지 않는다. 그래도 학교 가기 전에 점심으로 끓여주는 그 집 라면이 얼마나 맛이 있던지.

라면에 얽힌 잊을 수 없는 추억이 하나 더 있다. 영국 유학 시절 같은 시기에 공부하러 온 M 방송국 기자분이 있었는데, 그분은 아내와 아이들까지 온 가족이 함께 와 있었다. 몇 번 그 댁의 초대를 받아 푸짐한 한국 집밥을 대접받기도 했다. 어느 날 서울에서 음식 꾸러미가 왔다며 내게 음식을 나눠주셨다. 그중 컵라면이 있었다. 자그마치 다섯 개나! 그런데 당시 나는 라면은 절대 안 먹을 거라 결심하고 입에도 대지 않던 게 문제였다. 오리엔탈 슈퍼마켓에 가면 일본 라면이 진열된 코너가 있었는데, 그 앞에서 멍하니 구경하다 발걸음을 돌린 적이 한두 번이 아니었다. 이유는 엄마의 엄중한 당부가 있었기 때문이다. 지인의 사위가 미국서 유학 중에 날마다 라면만 끓여 먹으며 공부하다가 그만 죽고 말았다는 이야기를 들은 적이 있어서, 엄마는 유학 간 사람이 라면을 먹으면 큰일 나는 줄 알고 내게 신신당부하셨다.

엄마는 내가 라면을 먹지 않도록 영국으로 떠날 때 별의별 것을 다 싸주셨다. 홍삼과 마를 말려 분말로 낸 선식, 바짝 말려 먹고 싶을 때 불려 먹으라 하신 떡국 떡, 인스턴트

미역국, 된장국, 다진 고기와 마늘을 듬뿍 넣은 고추장볶음, 깻잎장아찌, 된장까지. 그런 엄마의 정성에 못 이겨 절대로 라면은 입에 대지도 않겠다는 결심으로 모든 끼니를 내가 직접 해 먹고 있었다. 보물 같은 한국 컵라면 다섯 개를 얻어 가지고 와서 고이고이 부엌 선반에 높이 모셔놓았다. 언제고 정말 먹고 싶을 때 꺼내 먹으리라 생각했다.

저녁을 먹고 나서 공부를 하려고 책상 앞에 앉았다. 그런데 도저히 글이 머릿속에 들어오질 않았다. 계속 선반 위에 있는 라면을 묵상했다. '뜨거운 물을 붓고, 뚜껑을 덮어 무거운 책을 하나 올려놓아야지. 라면의 국숫발이 약간 꼬들꼬들할 때 먹기 시작해야 한다. 맨 나중 뜨끈한 국물을 마시면, 이 추운 겨울에 완전 딱이다. 그래도 라면은 안 된다. 아니, 한 번은 된다. 안 된다'를 반복하다가 결국 이렇게 공부에 방해가 되느니 차라리 빨리 먹고 집중하는 게 낫겠다 싶었다. 커피포트에 물을 끓이고, 뜨거운 물을 부어 라면을 익혔다. 결론은 그렇게 매일 라면 묵상을 하며 나와의 싸움 끝에 하루에 한 개씩 꼬박 닷새 만에 그 컵라면을 다 먹고야 말았다는 이야기다.

컵라면을 좋아해서 덕본 일도 있다. 남편이 지역 국회의

원으로 활동하던 때였다. 휴일 이른 아침이면 동네마다 초등학교 운동장에서 조기 축구 모임이 있었다. 여러 동네를 다니며 평소에 만날 수 없던 3040 젊은 직장인들과 동네 토박이 아저씨들과 인사 나눌 절호의 기회여서 매주 운동장을 돌았다.

그분들은 인사드리러 온 손님을 따듯하게 맞아주시며, 먹고 있는 음식을 우리에게 권했다. "컵라면 드실래요?" 아마 사양할 거라 예상하며 권했겠지만, 나는 넙죽 컵을 받아 들고 맛있게 먹기 시작했다. 악수만 하며 부지런히 인사하고 다음 장소로 떠나도 시간이 빠듯했지만, 뜨거운 라면을 후후 불며 먹다 보면 서로 마음을 열고 세상 돌아가는 이야기, 하고 싶은 이야기를 할 수 있는 여유가 주어졌다. 그렇게 먹고 나서 종이컵에 커피믹스를 타 마시며 입가심하면 어느새 오래된 동네 친구처럼 친밀감이 생긴다. 문제는 그다음 운동장이다. 그곳에서도 컵라면을 또 권해주시는 거다. "요 앞에서 이미 먹었어요." 하고 사양해야 마땅한데 다행히도 나는 컵라면 두 개는 정량이라 아무 문제 없이 또 한 사발을 먹었다.

요즘의 건강 조언에 따르면 라면은 자주 먹어서는 안 되는 건강을 해치는 음식으로 치부한다. '일 년이면 한두 번 먹을까 말까' 한다는 말이 건강 관리를 제대로 하는 식생활로 은근히 자랑하는 표현이 되기도 한다. 그럼에도 사람들은 여전히 라면을 즐겨 먹는다. 낮에도 먹고, 밤참으로도 먹고, 집에서도, 친구 집에서도, 한강 변에서도 라면을 먹는다. 조그만 가게 안 벽장 한가득 라면을 진열해 놓고, '한강에서 끓여 먹는 라면'이라는 이름으로 라면을 판매한다. 떡볶이에 넣어 먹고, 돼지고기 김치찌개, 뼈다귀 해장국에도 라면 사리를 넣어 먹는다. 밀가루와 짠 국물이 건강에 안 좋을까 봐 달걀을 풀어 넣거나 치즈를 한 조각 넣어 단백질을 보충하기도 하고, 콩나물이나 깻잎을 넣어 짠 국물을 합리화시키기도 한다.

사람들이 여전히 라면을 먹는 것은 추억을 먹는 일이기 때문인 것 같다. 기억이 희미해진 환자도 어린 시절에 먹던 라면 냄새를 맡으면 표정이 밝아진다는 얘기를 들은 적이 있다. 미각의 기억이란 참 무서운 것이다. 나의 추억 속 라면은 충족의 기쁨보다는 배고프고 부족하고 불편하고 어색했던 기억의 흔적으로 남아 있다. 그러나 돌아보니, 영어 선생님의 집에서, 입주 과외를 한 주인집에서, 고독하고 외로웠던 이국땅에서, 그리고 지역 선거구의 주민들을 만났

던 그 기억의 모퉁이에서 먹었던 라면 국물은 '따뜻한 돌봄
과 위로의 건넴'이었다.

하루 세 끼를 먹는 일에 대하여

육회비빔밥을 먹으러 가는 날은 우리 내외가 호사하는 날이다, 거의 예외 없이 무척 만족하게 먹고 나서 배를 쓸고 나오는 외식 메뉴이다. 채를 쳐 살짝 볶은 당근과 콩나물, 썬 상추, 다진 단무지, 새싹 채소, 김 가루 등 싱그러운 초록과 함께 빨갛고 노란 재료를 돌려 담고, 그 위에 싱싱한 육회를 한 움큼 얹었다. 식당 입구에 직접 고기를 다루는 코너가 있는 정육 식당이어서 안심하고 육회를 먹을 수 있다.

처음엔 주문한 비빔밥이 나왔을 때 남편은 말했다. "나는 당신이 비벼주는 비빔밥은 바닥까지 싹싹 긁어 먹을 수 있어요." 잃어버린 입맛을 되돌리려 찾은 식당이니, 뭔들 못

해줄까 싶어 나는 남편 앞에 놓인 대접을 당겨 정성껏 밥을 비볐다. 진짜 밥 한 톨도 남기지 않고 잘 먹었다. 그 이후 육회비빔밥을 먹을 때면 무조건 내가 싹싹 비벼 남편 앞에 대령한다.

사실 나는 날고기를 좋아하는 사람이 아니다. 좋아하기는커녕 입에 대지도 못했다. 그러나 남편과 장단을 맞추기 위해 같은 메뉴를 시키고 입맛을 다시며 먹다 보니 이 또한 못 먹을 것도 아니다 싶게 되었다. 때론 육회비빔밥 대신 된장찌개를 시켜, 함께 나온 반찬인 가지볶음과 깻잎무침, 오이지무침 등을 섞어 비벼 먹으면 그편이 내 입엔 더 달고 맛있다.

이렇게 점심 한 끼를 잘 먹고 나면 아침과 저녁은 그저 집에 있는 것 몇 가지를 대강 늘어놓고 먹는 편이다. 그런데 별것 준비하지 않았어도 먹고 나면 설거지가 가득해서 물소리와 그릇 달그락거리는 소리를 내게 된다. 거실에 있던 남편은 다정하게 말한다.

"먹은 것도 없는데 뭘 그렇게 씻고 닦고 그래요? 대충하고 와서 좀 쉬어." 고마워해야 할 말이지만, 나는 이 말이 가장 듣기 싫다. '먹은 것도 없는데'라는 말이 섭섭하고, 가족의 건강을 위해 최고의 밥상을 차려내야 하는 주부의 입장에서 죄책감이 느껴지기도 하기 때문이다.

삼시 세끼 밥을 먹는다는 일은 대체 무엇일까? 먹고 사는 일이 중요하긴 한데 어떻게 먹어야 잘 먹는 것일까? 홍수처럼 넘치는 정보가 오히려 혼란스럽기만 하다. 꼭 먹어야 하는 음식, 몸에 해로운 음식, 질병을 예방하는 음식, 나쁜 병을 초래하는 음식, 음식 종류와 조리법이 다양한 만큼 조언도 가지각색이다.

하루 세 끼 먹는 일에 대하여 생각해 볼 때 내게 큰 영향을 준 계기는 헬렌 니어링의 《헬렌 니어링의 소박한 밥상》을 읽고 나서다. 똑같이 따라 할 수는 없지만 먹는 것에 대한 태도를 배우고 싶게 만든 책이다. 누렇고 투박한 재생 종이로 만들어진 이 책은 지난 20여 년 동안 몇 번의 이사를 거치고서도 나의 책장에서 잘 살아남아 있다.

저자는 남편 스코트 니어링과 함께 지식인으로서 활발했던 도시 활동을 떠나, 미국 버몬트의 낡은 농가에서 자연과 하나 되는 조화로운 삶을 살았다. 음식은 소박할수록 좋다는 생각에 먹을거리는 직접 키우고, 먹는 시간보다 준비하고 만드는 시간이 덜 걸리게 했다. 예를 들면 사과파이보다는 사과를 날것으로 먹는 것을 권하고, 감자를 튀기거나 으깨려고 애쓰지 말고 그냥 굽거나 쪄서 먹는 쪽을 권한다. 최소한으로 먹고, 먹는 데도 최소한의 노력과 시간을 쓰며, 대신 풍요로운 삶을 살라는 이야기다.

그들은 가능한 밭에서 딴 재료를 그대로 쓰고, 영양소를 파괴하지 않게 가능한 낮은 온도에서 짧게 조리하고, 가능한 양념을 치지 않고, 접시나 팬 등의 기구를 최소한 사용한다는 방침을 고수했다. 똑같이 따라 할 자신은 없지만, 먹는 일에 대해 복잡해지고 혼란스러워질 때면 가끔 훑어보고 생각을 재정립한다.

돌이켜 보면 어릴 적 내 친정아버지의 밥상머리 말씀이야말로 먹는 것에 대한 철학을 담고 있었다. 아버지는 '무엇을 먹느냐'보다는 '어떻게 먹느냐'가 중요하다고 가르치셨다. 어떤 음식이든 엄마가 만들어 주신 음식이라면 감사하며 먹어야 했고, 좋아하는 것 싫어하는 것 가리지 말고 골고루 먹어야 했다. 밥 먹는 중간엔 물을 마시지 말고, 여러 번 꼭꼭 씹은 후 넘기라고 하셨다. 말하자면 건강을 위해 무슨 음식을 선택하느냐보다 지금 입으로 들어가는 음식을 골고루 천천히 오래 씹으며 먹으면 건강할 수 있다는 교훈이었다.

그래서, 오늘 내가 내리는 결론은 증조할머니가 알아볼 수 없는 음식은 가능하면 먹지 않는 편이 건강한 것이고, 소박한 밥상도 황제의 진수성찬처럼 생각하고 상상 속의 부요함을 누리며 먹는다면, 구색을 갖추지 않았다고 해서 그리 죄의식을 갖지 않아도 된다는 것이다.

시골 농가에서 소박한 밥상을 마주하고 후반 인생을 살았던 스코트 니어링은 100세에, 아내 헬렌 니어링은 91세에 세상을 떠났다.

3부

덜 가지고, 더 누리며 사는 연습

아끼다 똥 된다구요

여름 방학이 되어 모처럼 시간이 났다. 평소 버리고 싶던 물건들을 정리할 용기를 내어보았다. 숨 가쁘게 바쁜 날들엔 쉽게 할 수 없었던 일이다. 인쇄물들과 메모지들을 모아 이곳저곳 쌓아두었던 더미를 하나씩 꺼냈다. 들추어 본 지 아주 오래되었는데 다시 보니 또 소중해서 버릴 수가 없다. 그렇게 소중한데 왜 오랫동안 쳐다보지 않았던 건지. 그런가 하면 아무짝에도 쓸모없는 것을 꾸러미로 쌓아놓은 것도 있다. 분명 필요하다고 생각되어 버리지 못했던 것들이다. 이젠 버릴 수 있다.

부엌살림은 좀 더 심각하다. 삶에 꼭 필요한 기구라 생각해 장만했던 것들이 자리를 차지하고 방치되어 있다. 기름

짜는 기계. 신선하고 건강한 기름을 먹겠다고 구입해 놓았는데 아직 한 번도 사용해 본 적이 없다. 그 옆에 얼음 제조기. 작년에 하도 빙수를 사 먹어 차라리 집에서 만들어 먹겠다고 장만했던 건데, 이번 여름엔 단 한 번도 사용하지 않았다. 필요한 사람이 있으면 빨리 넘겨야겠다. 요즘 유행하는 에어 프라이어와 새로운 전기 압력밥솥을 사려던 계획은 없던 거로 하기로 했다. 프라이팬은 달걀 부침하는 작은 것 하나만 남기고 다 버린 이후로 새로 사는 걸 망설이고 있었는데 아주 잘한 것 같다.

책방도 손볼 데가 많다. 이사할 때마다 내가 한 가지 사치를 부리는 곳이 바로 여기다. 남편에게 핀잔을 들어가며 방 하나의 삼면을 천장까지 닿는 책꽂이를 짜 넣은 것이다. 그때는 공간이 넉넉했는데 또 더 이상 꽂을 곳이 없을 만큼 빽빽해졌다. 한 칸에서 한 권씩 빼내 버리겠다고 정리를 시작했지만 두 줄을 못 가 포기하고 만다. 책 앞에선 제일 마음이 약해진다.

언젠가 한 여성이 시어머니가 돌아가시고 나서 그분 흉을 보는 걸 들은 적이 있다. 화장품이며 치약, 샴푸 같은 생활용품이며, 좋은 스카프, 장신구까지. 남기신 물건이 구석

구석에서 얼마나 많이 나오던지 그걸 치우느라 끔찍했다고 불평하는 소리였다.

버리려다가 또 아까워 다시 넣어두었던 것들을 다시 한 번 돌아본다. 살 빠지면 입으려고 남겨두었던 옷, 집에서 허드레로 입으려고 쌓아둔 옷, 언젠가는 꼭 읽어야 할 것 같고 내 딸에게 읽히고 싶어 책꽂이가 미어지도록 쌓아놓은 책들. 요즘은 플레이어도 없어 더 이상 들을 수 없게 된 음반들. 처분해야 하는 줄 알면서도 용단을 내리기가 어렵다. 그런 스스로에게 협박하듯 속엣말을 한다. '너, 내일 떠난대도 정리 안 할래?' 그래, 나 떠난 뒤 내 물건을 정리하게 되는 사람 고생시키지 말아야지. 흉잡히지 않도록 정리해 놓고 살아야지.

어수선한 마음을 정리하려고 《인문학 따라 쓰기》라는 필사용 책을 꺼냈다. 바쁘게 사는 동안엔 감히 생각도 못했을 시도이다. 필사엔 우선 좋은 필기구가 필요하다. 격을 높이려고 만년필을 꺼냈다. 그동안 아끼다가 오랜만에 꺼냈더니 잉크가 말랐다. 급한 마음에 펜촉에 잉크를 찍듯이 직접 잉크를 찍어 글씨를 써보았다. 농도 조절이 안 되어 잉크가 뒷면까지 배어 나왔다. 만년필이란 자주 사용해 주인의 손놀림에 길이 잘 들어야 하는데 고이 모셔두다 보니 제 기능을 잃어버린 것 같다. 어리석은 사람이라고 스스로 책망하는 마음이 들어 노란 메모지 한 장을 꺼내 격문을 써 붙였다. "아끼다 똥 된다."

팔을 걷어붙이고 정리를 시작한 오늘, 정리보다 더 중요한 걸 깨달았다. 소중한 것은 아끼지 말고 잘 써야겠다는 것이다. 책도 그릇도 옷도. 그러나 더 중요한 것은 바로 눈에 보이지 않는 것이다. 사랑하는 사람들과의 시간, 나눔, 세상의 귀한 이치와 진리이다. 알고도 누리지 못하고 엉뚱한데 시간과 생각을 낭비하는 어리석음을 저지르지 않는지 돌아볼 일이다.

많이 가진 사람은 물론 행복할 것이다. 부족한 것보다는 풍족한 것이 좋고 아쉬운 것보다는 여유 있는 것이 좋다. 그러나 가지기만 한들 그것을 누리지 못하면 무슨 소용이 있겠는가. 가지는 것과 누리는 것은 다르다. 세상에서 제일 좋은 것을 다 가지고 있어도 그걸 누리고 즐기지 못하면 없느니만 못하다. 너무 많아 다 사용할 기회가 없다면 꼭 쓸 만큼 가진 것보다 행복하지 못하다. 있는 것 정리하다 시간을 다 버리는 어리석음을 저지르지 않아야겠다.

'아끼다 똥 된다.'

팔을 걷어붙이고
정리를 시작한 오늘,
정리보다 더 중요한 걸
깨달았다.
소중한 것은 아끼지 말고
잘 써야겠다는 것이다.
책도 그릇도 옷도.

짐은 가볍게, 마음은 풍성하게

최근 집 정리와 이사를 한 세 사람과 긴 이야기를 나누었다. 20년간 살던 집을 정리하고 서울 근교로 나가게 된 선배는 몇 달 전부터 골머리를 앓으며 몸에 병이 나면서까지 집 정리를 했다. 또 한 친구는 친정어머니가 돌아가셨는데 딸 여럿이 모여 몇 날 며칠 엄마 유품 정리를 했건만 도무지 끝나지 않는다고 한숨을 쉬었다. 또 한 분은 아내가 중한 병환이 들어 중환자실에 모셔두고 남편 혼자 이사를 하게 되어 다시는 돌아오지 않을 아내의 물건을 정리할 수밖에 없었다고 했는데, 가슴이 너무 아파 더 긴 얘기를 들을 수가 없었다.

상황과 경우는 달라도 결국 이구동성으로 하는 말은 사

람이 사는데 무슨 물건이 이리 많이 필요한지, 더 정확히 말하면, 필요 없는 물건을 어쩌면 이리도 많이 쌓아두고 살았는지 모르겠다는 것이다. 자신의 물건을 정리할 때도 머리가 깨질 듯 아파했지만, 가까운 가족이 남겨놓은 물건을 정리하면서도 모두 치를 떨었다. 한 사람이 사는 데 필요한 물건은 도대체 몇 가지나 될까? 사람들은 왜 이렇게 많은 물건을 쌓아두고 살아왔을까?

곤도 마리에는 그녀의 책《인생이 빛나는 정리의 마법》에서 내게 꼭 필요한 것, 설레는 것만을 남기고 다 버리라고 한다. 너무나 간단한 그녀의 정리 비법은 전 세계로 퍼져 각광받았다. 그만큼 정리는 많은 사람들의 관심사다.

최근 먼저 살던 곳보다 공간이 반 이상 줄어든 곳으로 이사를 하게 된 나도 쉽지 않은 과정을 겪었다. 결혼 후 대여섯 번 이사를 했지만, 이번엔 더 겁이 났다. 이사 두 달 전부터 머리가 아프고 가슴이 두근거렸다.

내가 가장 버리기 어려워하는 것은 무엇일까? 값나가는 장신구나 패물도 없고, 명품 가방도 딱히 없는 나는 무엇을 그리도 못 버리고 끼고 살고 있는 것일까? 몇 번의 이사를 통해 옷도 많이 없어졌고, 동생이 신발장을 열어보고 놀랄

만큼 신발도 몇 켤레 없는 편이다. 둘러보니 책이나 자료 등이 문제였다.

내가 줄을 치며 보았던 책, 앞으로 글을 쓰려면 보아야 할 책들이 한가득이었다. 마음속으로 기원했다. 나의 판단력이 흐려지기를, 이 책을 버리는데 아무 판단도 없이 마구 버릴 수 있기를! 마침 몸담고 있던 대학에서 퇴직을 했기 때문에 이제 마음 놓고 버릴 수 있는 것들이 생겼다. 바코드를 찍어보아 중고 서점에서 받아주는 책은 그쪽으로 보내고, 그것도 안 되는 책은 열 권씩 끈으로 묶어 산더미처럼 쌓아두었다가 폐지처럼 넘겼다.

공간을 반 정도 줄여 이사 간다는 것은 물건을 반으로 줄인다는 뜻이 아니었다. 4분의 1로, 아니 더 심하게 말하면 거의 다 없앨 정도로 줄여야 했다. 제일 큰 문제는 큰 가구들이었다. 나눔을 하는 중고마켓을 시작했다. 시집올 때 마련해 온 가구 중 남아 있는 화장대, 서랍장 등 큰 덩어리 가구들은 직접 사용하실 내외분이 와서 가져가셨다.

딸이 쓰던 침대 프레임도 착한 값에 내놓았더니 6살 아들을 위해 침대 매트리스만 사려 했던 젊은 아빠가 기쁜 마음으로 사 갔고, 냉장고는 우리나라에 와 있는 외국 대

사관 직원이 친구들 넷을 데리고 와서 끙끙대며 옮겨갔다. 우리 가족이 가장 오래 다정한 시간을 보냈던 식탁도 좋은 분에게 보내드렸다. 다시 쓸 수 있는 생활용품들과 남자 옷은 모두 잘 정리해서 서울역 근방에서 노숙인 사역을 하시는 드림시티에 보내드렸다.

그런데 그렇게 애를 쓰고 정리하고 나누었지만 남편 눈엔 마땅치가 않았던 모양이었다. 정리한다고 죽도록 고생만 하고도 대폭 버리지 못하는 내가 답답했던 것이다. 이사 전날 밤, 드디어 폭발을 하고 말았다. 이 물건들을 또다시 이고 지고 가면 더 이상 둘 곳이 없는데 어쩌려고 그러느냐며 정색을 했다. 나는 열심히 필요 없는 것을 버렸지만, 남편은 필요한 것만 남기고 다 버려야 한다고 했다. 그의 말이 옳았다.

입술을 깨물고 옷을 또 열 벌쯤 쓰레기 봉지에 담았다. 그냥 모셔 가려던 사진 가득한 상자와 지나간 방송 테이프 상자도 모두 쓰레기통에 쓸어 담았다. 눈물이 났다.

도저히 불가능할 것 같은 이사는 그렇게 끝났다. 그런데 들어가는 이사 날짜가 안 맞아 짐은 모두 창고에 맡기고 요즘 우리는 방랑 생활을 하고 있다. 낯선 곳에서 한 달 살기를 해보고 싶다고 노래를 했는데, 소원대로 임시 거처에서 한 달째 살고 있다. 어떠냐고 묻는 사람에게 대답했다.

"편해서 좋아요. 노 설거지, 노 빨래, 노 청소!"

단칸방에서 집밥도 못 먹으면서 얼마나 답답하고 불편할지 염려가 담긴 걱정 어린 질문이었는데, 너무 좋다고 대답하니 물어본 사람이 멋쩍어했다. 이사와 정리에 지친 나는 심통이 많이 나 있었다. 그러나 어느새 적응이 되고 만 것인지 지금은 창고에 있는 물건이 하나도 아쉽지 않다. 뿐만 아니라 지금 있는 단칸방(?)보다는 훨씬 넓은 곳으로 이사를 간다니 얼마나 기대가 되는지!

그래, 이제 이렇게 살자. 짐은 가볍게, 그리고 마음은 풍성하게.

물건 정리는 인생의 의미 정리

일본 영화 〈퍼펙트 데이즈〉의 주인공은 자리를 깔고 손에 문고판 책 한 권을 들고, 눈이 스르륵 감길 때까지 머리맡의 전등을 켜고 글을 읽는다. 그러다 깜빡 졸아 책을 잡은 손이 툭 떨어지면 안경을 벗고 잠이 든다. 윌리엄 포크너의 《야생 종려나무The Wild Palms》를 읽고 있었다.

밤에 잠들기 전에 누워서 책을 보는 재미를 들인 지 1년 가까이 되었다. 잠에 잘 들기 위해 책을 읽기도 하지만, 하루 중 가장 집중이 잘 되는 시간이기도 하다. 침상 옆 협탁 위에 놓인 작은 전등에 의지해 누워서 읽는 책은 흥미진진할 뿐 아니라 입면에도 도움이 되니 이보다 더 좋을 순 없다.

요즘 공포 소설보다 더 무서운 책을 읽고 있다. 제목은

《부모님의 집 정리》. 일본 주부의벗사 편집부에서 엮은 책으로, 부모님과 마주하는 마지막 시간의 집 물건 정리에 관해 15명의 사례자가 각기 다른 사정을 이야기한다. 원래 정리와 미니멀리즘에 관심이 많아 그동안《인생이 빛나는 정리의 마법》,《단순하게 살아라》,《도미니크 로로의 심플한 정리법》,《나는 인생에서 중요한 것만 남기기로 했다》등의 책을 읽으며 삶에 적용해 보려 했다. 책을 읽고 정리할 마음이 생기면 관련 영상도 찾아보고, 정리의 달인들의 지혜를 빌리며 그들의 깔끔한 집에서 내 삶을 반성하고 아주 조금씩 따라 해보았다.

묵은해를 마무리하고 새해를 시작하는 최근 몇 주 동안 다시 정리에 관한 책을 몰아 읽었다.《다시 버리기로 마음먹었다》,《버리고, 비우기》,《모두 제자리》,《좋아하는 물건과 가볍게 살고 싶어》,《방 정리 마음 정리》등의 책들이다.

책 제목은 깔끔하고 단호한데, 그 제목을 둘러싼 수식어나 부제가 무섭다. '끊고 버리고 벗어나는 정리 생활', '삶이 복잡하고 무거운 당신에게', '비울수록 아름다운', '버리고 비우면서 에너지를 충전하는 심리학자의 정리 멘토링' 같은 표현들이다. 이에 따르면 정리는 단순한 기술이 아니라 심리학이고 철학이며 삶의 태도였다.

나는 정리에 대한 강박이 있는 편이다. 피곤할 때마다 꾸게 되는 악몽의 몇 가지 유형이 있다. 대표적인 것은 생방송 밤 9시 뉴스를 앞둔 상황이다. 분장, 의상, 원고 준비가 하나도 안 되어 있는데 시간은 8시 20분이다. 또 한 가지는 수학 시험을 보는 꿈이다. 가장 자신 없고 성적도 낮았던 수학에서 손을 놓은 지가 몇 년인데, 이 시험을 지금 보라는 것이냐며 난감해한다. 그리고 나머지 하나가 바로 아나운서실 로커와 방학이 끝난 학교의 사물함 속에 내 물건이 가득 남아 있는 꿈이다.

5년 전, 서울 한복판에서 살던 집을 정리하고 지금 사는 경기도의 작은 평수로 이사하면서 집안 물건의 5분의 4 정도를 처분해야 했을 때, 나는 제정신을 유지하기 힘들 정도의 극심한 혼란 속에서 짐 정리를 했다. 그래도 막상 정리하니 힘은 들었지만 홀가분하고 속 시원했다. 그러나 그 느낌도 그리 오래가지 못하고, 나는 또다시 '버려야 하는데, 정리해야 하는데' 하며 전전긍긍하고 있다.

정리정돈에 관한 책을 읽고 관련 영상을 보며, 간혹 애써 버린다고 하면서도 나는 늘 지저분하게 살고 있다고 느낀다. 그 이유가 무엇인지 곰곰이 생각해 보았다. 결론부터 말하자면, 내 인생이 복잡한 이유는 내가 바라고 꿈꾸는 것은 미니멀리즘인데, 내 삶의 태도와 현실은 그와 정반대의 대척점에 있기 때문이다.

나는 절대 미니멀리스트가 될 수 없는 사람이다. 물건을 아낌없이 대담하게 버려야 미니멀리스트인데, 나는 비교적 아까워하는 편이다. 책이며 종잇조각을 미련 없이 싹 다 쓸어버려야 미니멀리스트인데, 나는 알량한 글을 쓴다는 핑계로 언제나 책과 메모 조각과 파일과 스크랩, 일기장을 주위에 쌓아두고 사는 사람이다. 그러다 보니 생각하는 바와 살아가는 바가 일치하지 못해 스스로를 자책하고, 내 주변의 물건을 모두 지저분하고 정리 안 된, 버려야 할 것으로 여긴다. 설사 그것들이 비교적 잘 정리되어 있어도 말이다.

그런데《부모님의 집 정리》가 왜 공포 소설보다 더 무서웠을까? 일반적으로 정리란 지금 살고 있는 내 공간을 어떻게 치우고 정돈해 안락하게 '사느냐'가 핵심이라면, 이 책은 당사자가 '죽거나, 기억을 잃거나, 체력이 떨어져' 스스로 자신의 물건에 대해 결정하고 행동할 수 없는 상태에서 제3자의 관점으로 이루어지는 이야기이기 때문이다. 자녀가 부모님의 집 정리를 해야 하는 경우는 대략 세 가지다. 부모님과 합가하는 경우, 부모님이 요양 시설로 들어가면서 본가를 정리해야 하는 경우, 그리고 부모님이 돌아가신 후 남겨진 물건을 정리하는 경우다.

살아서 쓰고 있는 물건, 더 정확히 말해 자신이 지금 사용하고 있는 물건을 어디에 어떻게 배치하고 무엇은 남기고 무엇은 처분할지 결정하는 일과 한 사람이 세상을 떠난 뒤 남은 이가 그 물건을 정리하는 일은 전혀 다른 차원의 문제다. 우선 놀라웠던 것은 돌아가신 뒤 부모님을 설명하는 말들이었다. 메모를 놓지 않던 아버지, 취미가 많았던 어머니, 자녀들의 어린 흔적을 차마 버리지 못했던 엄마, 물건을 아끼며 살아온 시어머니, 수십 년간 하루하루를 일기로 남긴 시아버지. 이 묘사들은 모두 한 사람의 삶의 태도와 습관을 가리킨다. 살아 있을 때라면 누구도 비난하지 않았을 모습들이다. 아끼고 알뜰한 것, 취미를 즐기는 것, 기록하고 기억을 남기는 것, 집안의 시간을 간직하는 일은 오히려 칭찬받을 만한 삶의 방식이었다. 그러나 그들이 세상을 떠난 뒤 그 습관들은 곧바로 물건이 되고 짐이 된다. 그렇게 남겨진 삶의 흔적들은 한순간에 '정리해야 할 대상'이 되어, 쉽지 않은 짐으로 남고 만다.

부모의 물건을 정리하던 자녀들은 끝도 없는 짐 앞에서 절망하고 무너져 주저앉아 통곡하기도 한다. 정리는 때로는 1년, 혹은 5년 이상이 걸리기도 하고, 한꺼번에 해치우려다 자신의 건강을 해치기도 한다. 돌아가신 80~90대 부모의 짐을 정리하는 자녀들은 대개 50~60대이니, 그들 또한 전혀 젊지 않다. 그들의 집 정리는 단순한 육체노동이 아니라 감정노동이었다. 부모가 아끼던 물건을 버려도 되는지에 대한 죄책감이 결정장애로 이어진다. 거기에 함부로 버리지 못하게 하는 형제라도 끼면 그 부담은 더욱 커진다.

돌아가신 부모님의 물건을 정리하며 가장 어려운 점은 그 물건이 부모에게 얼마나 중요한 것이었는지를 판단하기 어렵다는 것이다. 살아계실 때 함께 의논하며 치우는 것조차 쉽지 않아 의견이 계속 부딪친다. "이거 버릴까요?" 하고 물을 때마다 부모는 난감하고 슬픈 얼굴을 짓는다. 자녀가 사용하면 좋겠지만, 포장도 뜯지 않은 물건조차 이미 구닥다리가 되어버린 것을 기꺼이 쓰려는 자녀는 없다.

그러면 늙으신 부모님은 왜 자신의 집과 물건을 정리하지 못한 채 자녀에게 부담을 남기고 떠날까. 물론 언젠가 한번은 정리해야지 마음을 먹고 있었을 것이다. 그러나 어느 날 갑자기 정리할 수 없는 상황이 찾아온다. 질병으로 기운이 없어 옷장과 서랍, 주방의 접시들을 꺼내 분류하고 버릴 힘이 사라진다. 기억이 떠나가니 무엇이 자신에게 소중했는지도 분별하기 어려워진다. 그러다 어느 날, 이 세상과의 작별 또한 갑작스레 찾아온다.

살아 있던 날과 하늘 소풍을 떠나는 날이 어제와 오늘 하루 차이일 뿐인데, 이렇게 상황이 달라진다는 것을 읽으며 등골이 서늘해졌다. 나는 어떤 사람으로 기억될까. 그리고 내가 남긴 물건을 보며 사람들은 뭐라고 평가할까. 알뜰하고 물건을 아끼는 사람? "태그도 떼지 않은 새것은 그대로 두고 낡은 것을 입고 살았네?" 값나가는 명품은 하나도 없고 종잇조각만 잔뜩 끼고 살았던 사람? "에게, 이 신발이 다야?" 그렇게 판단하겠지. 그래도 어쩌겠는가. 지금까지 그렇게 살아온 것을.

여러 생각이 오가다 보니 두렵고 무서운 가운데 한 줄기 빛처럼 밝은 생각도 떠올랐다. 정리는 죽음을 준비하는 무섭고 냉정한 행위만은 아니다. 기억이 남아 있고 체력이 남아 있을 때 할 수 있는 소중한 일 아닌가. 남겨진 사람이 내 물건을 치우며 얼마나 흉을 볼까가 아니라, 남겨진 사람을 배려하는 일이라고 생각해 볼 만하다.

정리는 다정한 추억과 내 삶의 존엄, 그리고 남겨진 자와 떠난 자의 관계의 문제다. 그러니 설명하기 어려운 물건은 남기지 말자. 꼭 남겨야 할 것은 메모를 써두자고 다짐해본다.

나는 아직 살아 있고, 고운 눈으로 돌아보니 내가 사는 작은 공간도 이쁘고 가지런하다. 생명 있는 식물들이 물만 먹고도 무럭무럭 자라고 있고, 세련된 멋은 없어도 사는 맛은 가득 담긴 나의 보금자리다. 남이 보기엔 정리 안 된 집 같아도, 눈을 감고 더듬어도 나는 내 물건이 어디에 있는지 외우듯 아는 사람이다. 그래, 이만하면 잘하고 있다. 내 삶의 의미가 무엇인지 생각하며 묵직하게 새해를 맞는다.

정리는
다정한 추억과 내 삶의 존엄,
그리고 남겨진 자와 떠난 자의
관계의 문제다.
그러니 설명하기 어려운 물건은
남기지 말자.

비워낸 자리에 추억 만들기

속초 동명항을 찾았다. 마침 동해안은 양미리 철이었고, 길거리에 붙은 현수막이 양미리 축제를 알리고 있었다. 바닷가에는 하얀 고깔모자같이 생긴 천막으로 지붕을 삼은 양미리 구이집 20~30개가 어깨를 나란히 하고 있었다. 인심 좋게 생긴 아주머님이 손짓으로 부르는 곳에 들어갔다. 양미리만 구우면 한 접시에 2만 원, 도루묵, 가자미 말린 것 한 마리까지 하면 3만 원이다. 종합 세트로 한 접시를 시켰다. 가게 밖, 바다를 향한 쪽에서 번개탄 두 개에 불을 붙여 들여 와 그 위에 석쇠를 놓고 양미리와 도루묵을 올려놓았다.

우리 어렸을 적엔 간식거리가 흔치 않았다. 친구들이 집에 찾아오면 짚으로 엮은 새끼줄에 꿰어놓은 양미리를 몇 마리 뽑아 연탄불에 구워 먹었다. 바람에 꾸덕꾸덕 마른 양미리는 연탄불 위에서 구수한 냄새를 풍기며 익었다. 새끼줄 중간쯤에서 몇 마리를 빼 먹고는 안 먹은 척 남은 양미리 간격을 가지런히 손보아 놓았다. 먹은 표시가 안 나도록 애쓴 우리 솜씨를 엄마는 알면서도 모르는 척하셨을 거다.

주인아주머니가 생선을 굽는 사이, 가게 앞 바닷가에 나가보았다. 아주머니들이 그물에 가득 걸려 온 양미리를 몇 시간씩 뜯어내는 작업을 하고 있었다. 오전 중 일을 마치면 일당 5만 원부터 시작해, 오후 늦게까지 작업량이 많은 날은 15만 원도 받는다고 한다. 납작한 플라스틱 의자에 앉아 종일 고개를 숙이고 바닥을 보며 일하니, 허리가 많이 아프고 추운 날은 얼굴이 퉁퉁 붓는다고 한다. 그래도 저렇게 집중해 작업을 하다 보면 세상사 복잡한 일에 마음을 빼앗길 새가 없을 것 같았다. 그렇게 일을 마치고 마시는 한 잔의 믹스 커피는 얼마나 달고 맛있을까 싶다.

우리가 찾아갔을 땐 양미리에 알이 없을 때였는데, 12월이 되면 알배기 양미리가 바닷물에 둥둥 떠다닌다고 한다. 그때 다시 한번 가보자고 마음먹었다. 양미리 구워 먹으려고 동해까지 가느냐 하겠지만, 새로운 공기, 색다른 환경, 추억을 길어 올리는 맛을 찾아 떠난 길이었으니 짧은 여행에 큰 의미가 있었다고 생각한다.

분당 서울대병원 노인병내과 김광일 교수는 '나이 들수록 왜 시간이 빨리 흐르는 듯 느껴질까?' 하는 물음에 대한 답으로 새로운 장소에 가보고 새로운 사람을 만나 다양한 경험을 해보라고 조언한다. 집 안에서 단조로운 생활만을 계속하다 보면 그날이 그날이고 특별히 기억에 남을 만큼 의미 있는 일이 없어서, 시간이 더 빨리 지나가는 것으로 느껴진다고 분석한 데에 크게 공감했다.

한양대 교육공학과 유영만 교수의 저서 《2분의 1》은 인생의 후반전을 살아가는 사람들에게 나답게 의미 있게 살아가는 길을 구체적으로 안내하고 있다. 진정한 나를 만나기 위해 나이 들수록 버려야 하는 습관과 채워야 하는 습관 50가지를 제안하는데, 그중 몇 가지는 제목만 봐도 고개가 끄덕여진다. 건강하고 행복하게 살아가기 위해, 우리 삶에서 절반으로 줄여야 할 습관과 두 배로 늘려야 할 습관은 이를테면 이런 것들이다.

'과식은 절반으로 음미는 두 배로, 걱정은 절반으로 긍정은 두 배로, 빠듯한 일은 절반으로 뿌듯한 일은 두 배로, 물건 구매는 절반으로 경험 구매는 두 배로, 질투는 절반으로 질문은 두 배로, 악연은 만들지 말고 인연은 두 배로, 경쟁 상태는 절반으로 경청 대상은 두 배로. 단점 지적은 절반으로 장점 칭찬은 두 배로.’ 하나하나 공감하며 잘 실천해 보리라 마음먹는다.

나의 책《내 나이가 나를 안아주었습니다》에서 나도 같은 생각을 했다. 살면서 불편한 것은 버려야지 억지로 끌고 가면 오히려 다른 것을 잃어버릴 수도 있다. 인간관계도, 나쁜 습관도, 오래된 앙금 같은 씻을 수 없는 감정도, 후회도 미련도 원망도, 이젠 버려도 누가 탓하지 않을 만큼 나이 들지 않았는가 말이다.

그리고 그 비워낸 자리에 소중한 추억을 만들 일을 채워 나가야 한다. 소중한 사람의 얼굴을 좀 더 바라보고, 어깨를 쓰다듬어 주며 말이다. 어차피 누구에게나 시간은 가는 것. 그러나 ‘늙는다, 병든다, 그리고 세상을 떠난다’보다는 ‘성장한다, 발전한다, 익어간다. 그리고 아름다운 이별을 한다’를 선택하기로 했다.

그런 의미에서, 우리는 12월 알배기 양미리를 먹으러 다

시 한번 동해 여행을 가기로 계획을 세웠다. 소중한 사람과
함께 달콤한 경험을 사고, 애틋한 추억을 남기기 위해서.

살면서 불편한 것은 버려야지
억지로 끌고 가면
오히려 다른 것을 잃어버릴 수도 있다.
인간 관계도, 나쁜 습관도,
오래된 앙금 같은 씻을 수 없는 감정도,
후회도 미련도 원망도,
이젠 버려도 누가 탓하지 않을 만큼
나이 들지 않았는가 말이다.

기억과 기록

형제, 자매가 나이 들고 모두 평안하니, 만나서 음식을 나누고 어렸을 때 즐거운 이야기를 하며 웃음꽃을 피우는 시간이 소중하고 행복하다. 최근 친정 동생들과 만나 즐거운 이야기로 끝이 없다가 어느새 단골 메뉴인 '삶은 달걀 논쟁'에 이르렀다.

내용인즉, 어려서 엄마가 달걀을 삶아주시면 형제 간에 서로 노른자와 흰자를 바꿔 먹는 경우가 있었다. 나의 기억으로는 동생은 노른자를 싫어하고, 나는 흰자를 싫어해서 서로 바꿔 먹었다. 그런데 동생들의 기억으론 '자신도 노른자를 좋아하는데 언니나 누나가 은근히 압력을 가해 자기는 거의 빼앗기다시피 해서 흰자만을 먹었다'는 거다. 억울

한 나는 절대 그럴 리가 없다고 부인했지만, 동생들도 강력하게 주장했다.

아, 오늘도 끝없는 달걀 논쟁이 이어지자 이제 헤어져야할 시간인가 보다 하며 자리를 털고 일어났다. 동생들은 고집쟁이 누나를 놀려먹는 것을 재미로 삼고, 나 또한 어리숙하게 놀림당하는 역할로 스스로 자리매김을 하며 즐기지만, 처음 이 이야기가 나왔을 땐 정말 당황스러웠다.

사람의 기억은 얼마나 정확할까? 철석같이 믿고 있는 사실이 자신의 기억과 다르다는 것을 알았을 때 우리는 얼마나 충격을 받는지 모른다. 나는 분명히 상대가 잘못해서 사이가 멀어진 것이라고 기억하는데, 상대는 나의 실수나 잘못으로 인한 것이라고 주장할 수 있다. 나는 할 도리를 다했다고 생각하지만, 상대는 섭섭하게 기억하고 있는 경우도 있을 것이다. 정반대의 경우도 있을 것이고 말이다.

사람 간의 기억도 그렇지만, 내 안에서의 기억도 마찬가지다. 기억력이 시원치 않은 나는 기록에 엄청 노력을 기울이는 편이다. 이에 비해 남편은 많은 걸 분명하게 기억하는 사람이다. 남편은 과거 스마트폰이 없을 적엔 전화번호 200개를 다 외운다고 자랑하는 반면, 나는 200개는커녕

20개도 못 외우는 사람이다. 그래서 나는 수첩과 노트, 펜과 메모지가 필수인 '쓰는 인간'이다.

남편이 전화 통화를 하며 약속을 잡으면, 나는 옆에서 쪽지에라도 부지런히 기록한다. 어느 날 몇 시에 어디서 만나기로. 그런데 나는 그 쪽지를 들여다보기 전엔 약속 자체를 기억 못 할 때가 많다. 머리 좋은 남편이 "내일 우리 약속 있잖아?"라고 말하면 그제야 급히 쪽지를 찾아 구체적인 사항을 확인한다. '기억'과 '기록' 유형의 사람 둘이 만났으니 얼마나 환상의 조합인가.

'기록이 기억을 이긴다'고 주장하며 '쓰는 인간'인 나도 적지 않게 살아온 덕분에 이제 지나간 노트와 메모가 쌓여간다. 올해는 하루에 세 페이지씩 모닝 페이지를 쓰는 리추얼(Ritual, 규칙적인 습관)을 실행하고 있어서 노트가 또 늘어나고 있다. 뭘 하고 지냈는지, 뭘 먹었는지부터 누구를 만났고, 기분이 어땠고 하는 것까지 끝도 없이 쓰고 있다.

어느 때는 이런 걸 왜 시시콜콜 쓰고 있는지 스스로 이해가 안 될 때도 있다. 내가 이 세상에서 없어지는 날엔 아무짝에도 쓸데가 없는 내용 아닌가. 게다가 나의 기억이고 나의 기록일 뿐, 진실과는 동떨어진 편견과 오해일 수도 있다는 생각에 미치자 쓰는 것이 두려워졌다.

나이가 들면서 고집도 는다. 한번 내 생각이 옳다고 여겨지면 자꾸 우기고 고집 피우기 일쑤다. 나이가 들면 그동안 지내온 세월이 적지 않으니, 자신의 기억도 이제 믿을만하지 않다는 걸 인정해 볼 일이다. 남이 그렇다면 그 말도 옳을지 모르겠다고 고개를 끄덕여 보아야겠다. 뿐만 아니라, 어떤 상황이든 단정적으로 말하지 말아야겠다. 이 세상에 그렇게 확실히 단정적인 건 많지 않다. 이럴 수도 저럴 수도 있으니 말이다.

그리고 이제 좋은 기억만 남겨야겠다고 다짐해 본다. 서러운 것, 분노에 찬 것, 후회스러운 것, 원망스러운 것들을 쌓아두기엔 내 머리와 가슴이 너무 작고 비좁지 않은가? 좋은 기억만 걸러내 아주 선명하게 남기고 싶으면 그때 생생하게 기록해 볼 생각이다.

이제 좋은 기억만 남겨야겠다고
다짐해 본다.
서러운 것, 분노에 찬 것, 후회스러운 것,
원망스러운 것들을 쌓아두기엔
내 머리와 가슴이
너무 작고 비좁지 않은가?

도서관을 읽는 재미

줄리아 캐머런의 《아티스트 웨이》라는 책을 통해 '모닝 페이지 쓰기'와 '아티스트 데이트'를 알게 되어 실천하려 노력하고 있다. 내 안에 있는 창조성을 발견해 내기 위한 제안인데, 매일 아침 눈 뜨고 일어나는 대로 세 페이지의 글을 쓰며 내 안에 있는 작은 창조자를 깨워내고 자신이 정말 즐겁고 기쁜 일을 할 수 있도록 일주일에 한 번, 2시간 정도를 데이트 시간으로 할애하는 것이다.

모닝 페이지 쓰기는 1000일 넘게 하고 있다. 물론 아침이 아니라 저녁에 쓰는 날도 있어 초등생 일기장처럼 되기도 하고, 세 페이지가 아닌 한 페이지로 끝나는 날도 있지만 그래도 3년 이상을 쉬지 않고 쓰고 있는 게 대견하다.

아티스트 데이트를 위해선 그림을 그리거나 악기를 연주하거나, 미술관 혹은 음악회를 찾을 수도 있다. 그중 내가 특히 기뻐하는 즐거운 일은 동네 책방을 찾아 신간들을 마음껏 훑어보는 것이다. 보고 싶은 책 여러 권을 집어 들고, 친절하게 마련된 넓은 책상에서 두어 시간 동안 앉아 실컷 들춰 보다가 마음에 드는 책 한두 권을 사 들고 나오는 식이다.

최근에는 그동안 꿈꿔왔던 지역 도서관을 찾는 일을 실천했다. 내가 살고 있는 용인시에는 20개의 공공도서관이 있는데, 서로 연계가 잘 되어 있어 상호 도서 대여도 할 수 있으니 얼마나 좋은 제도인지 모른다. 인터넷으로 미리 회원가입을 해두었기에 현장에서 즉시 회원 카드를 발급받고 즉시 대출이 가능했다. 한 번에 일곱 권씩 빌려 2주 동안 읽을 수가 있다.

우선, 2022년 노벨문학상 수상자인 프랑스 작가 아니 에르노의 소설 다섯 권과 박완서의 소설 두 권을 빌려 가지고 나왔다. 최근 읽은 김미옥 작가의 글쓰기 수업 책《당신의 삶이 글이 될 때》를 보니 8명의 여성들이 박완서와 아니 에르노 등 4명의 여성 작가의 작품을 읽고 이야기를 나누었기에 나도 선택해 보았다.

다음번엔 노희경의 드라마 대본집《디어 마이 프렌즈》 1, 2권을 호기롭게 대출했는데, 사실 그즈음 지방 출장도 있고 해서 끝까지 읽지 못하고 앞부분만 훑어보는 것으로 끝내야 했다. 드라마 대본이라는 게 이렇게 생겼구나. 준비 과정부터도 자세하고 긴 설명이 있어야 하고, 등장인물들의 설명도 아주 자세하며, 배우들은 이렇게 많은 대사량을 외우고 연기해야 한다니 신기하고 감탄스러웠다.

이번엔 소설가 김훈의 산문집 두 권과 권여선의 음식 산문집, 김홍신, 법정 스님의 책을 집어 들고 왔다. 김훈의 《라면을 끓이며》,《밥벌이의 지겨움》, 권여선의《오늘 뭐 먹지?》등을 훑어보며 요즘 내가 먹는 데 관심이 많아졌다는 생각에 혼자 웃었다.

글을 쓰는 사람들의 어린 시절엔 영락없이 책더미 속에 파묻힌 시간이 있었다. 김미옥 작가의《미오기전》, 박노해 작가의《눈물꽃 소년》을 보면, 어린 시절 시골 초등학교 작은 도서관을 통째로 읽어버린 작가들의 이야기가 나온다. 해가 지도록, 그곳에 있는 책을 모조리 읽어 치운 후 운동장을 걸어 나올 때 시골 소년과 시골 소녀의 머릿속에서는 서늘한 바람이 불었다. 두터운 지식과 이름도 모르는 먼 나라 이야기와 현란한 언어가 춤을 추며 온몸에 각인되었다.

많이 읽으면 생각이 많아지고, 또 읽는 사이 하고 싶은 말이 정리되는 과정을 거친다. 결국 자기의 이야기가 누에의 입에서 뽑혀져 나오는 비단실처럼 뿜어 나오게 된다. 마음 같아선 열람실에 오래 앉아 읽고 싶은 생각이 굴뚝같으나, 도서관에 주차 공간이 넉넉지 않아 건물 앞에 잠시 주차를 해놓은 것이 마음에 쓰여 필요한 책만 선택해 뛰어나왔다. 그래도 허락된 책 일곱 권을 들고 나온 그 순간은 말로 다 할 수 없는 기쁨이다.

책을 빌려오는 첫날은 가장 먼저 읽고 싶은 책을 손에 들고 밤이 늦어지는 것도 모르고 책에 빠져든다. 오늘도 소설가 권여선의 음식 산문집《오늘 뭐 먹지?》를 읽느라 새벽 3시가 가까워지는데도 손에서 책을 놓을 수가 없었다. 만두와 김밥 이야기, 조개젓 담그기와 온갖 술안주 이야기를 읽으며 작가의 봄, 여름, 가을, 겨울을 따라간다.

나이 들어 가장 좋은 나와의 데이트는 도서관 책 읽기가 아닌가 싶다. 적어도 내게는 그렇다. 이제는 젊었을 때처럼 읽은 정보를 다 머릿속에 저장하느라 조급해할 것도 없고, 대출해 온 책을 다 읽어야 한다는 강박도 없는 여유로운 때가 되었기 때문이다.

남을 것은 남고, 잊히는 것은 너그럽게 보내주는 여유,
나이 들어 도서관을 읽는 재미이다.

남을 것은 남고, 잊히는 것은
너그럽게 보내주는 여유,
나이 들어 도서관을 읽는 재미이다.

호랑이콩과 어머니

학교에서 돌아오는 길에 포천 파머스 마켓에 들렀다. 금방 수확한 싱싱한 야채가 농부들의 손에서 곧바로 내 손으로 오는 곳이다. 중간 유통 과정이 없으니 가격은 얼마나 훌륭한지. 대파 한 단 1,000원, 호박 두 개 1,000원, 신선한 아욱 한 봉지 1,200원. 반찬 해 먹고 밥에도 얹어 쪄 먹을 감자 10킬로에 6,000원. 장아찌용 양파 작은 망 하나는 1,000원. 감사하고 또 죄송했다. 얼마나 고생해서 기른 농산물들인데 과연 그 수고에 답을 할 수 있는 가격인지 싶어 더 열심히 장바구니를 채우게 된다.

그중에 가장 반가운 것은 껍질 안 깐 호랑이콩이었다. 한 자루 덥석 집어 들었다. 당장 껍질을 깔 시간이 없어 신문지를 바닥에 깔고 싱싱한 껍질 콩을 훌훌 널었다. 밭에서 흙과 함께 금방 숨 쉬다 온 콩깍지들은 아직도 가쁜 호흡을 멈추지 못해 싱싱함을 피부로 내뿜고 있다.

이렇게 아직 살아있는 콩을 좁은 망에 꽉 낀 채로 하루 이틀 두면 겉이 눅눅해지고 곰팡이가 생기기도 한다. 좀 더 방치하면 서로의 열에 의해 속의 콩까지 물러지기도 한다. 그러나 이렇게 하루이틀 널어놓으면 껍질이 꾸덕꾸덕 마르고 살짝 건조되는 것도 있어 나중에 껍질 까기가 더 수월해진다.

무늬가 얼룩덜룩해 호랑이 같다 하여 호랑이콩이라고도 하고, 맛이 딱 밤 같아 호랑이 밤콩이라고도 하는 이 품종은 흰 바탕에 자주색 무늬가 어찌나 선명한지 번쩍이는 호랑이 눈을 마주 보는 기분이다. 그런데 밥을 지으면 그 화려한 무늬가 사라지고 그냥 누렇게 색이 변하는 게 좀 아쉽지만, 그 맛은 기가 막힌다.

원래 밥에 콩 두는 걸 좋아하지 않는 남편도 유독 이 콩만은 아주 좋아한다. 쌀 한 컵에 노란 기장을 섞고 그 위에 가득 호랑이콩을 덮으면 다른 특별한 반찬 없이도 아주 푸짐한 식사 준비가 끝난다. 둘이 먹고 조금 남기도 하고, 좀 더 많이 남는 날은 차게 두었다가 오며 가며 간식처럼 주워 먹기도 한다. 그래도 좀 더 남으면 물과 함께 믹서에 갈아 끓인다. 그러면 타락죽처럼 톡톡하게 죽이 되어 구수하게 먹을 수 있다. 여기에 죽염을 좀 넣으면 진짜 맛과 향이 그만이다.

콩 껍질을 까며 친정엄마 생각을 했다. 밖으로 나도느라 살림이 엉망인 나를 늘 안타까워하시던 엄마는 때가 되면 소리 없이 챙겨주시는 게 많았다. 굴비며, 된장, 고추장, 겨울 김장, 여름 물김치, 오이지 등 소리 없이 냉장고를 채워주시고 가셨다.

한여름 호랑이콩도 그중 하나다. 그러나 살림이 우선이 아니었던 딸은 가져다주신 재료도 제때 갈무리를 못 해 나중에 걱정을 듣기 일쑤였다. 엄마가 사다놓으신 콩 자루를 며칠 동안 묵혀두었다가 껍질이 물러지고 곰팡이가 나듯 하면 깜짝 놀라 허둥지둥 한 적이 한두 번이 아니었다. 엄마는 뭐 하러 이런 걸 잔뜩 사 오셔서 내게 일거리를 안겨주시는지, 하며 속으로 볼멘소리를 했다. 챙겨주는 음식물을 자식이 제때 잘 먹고 바닥을 보여야 엄마는 재미가 나는데, 그러질 못할 때가 많으니 딸이 참 한심하셨을 것 같다.

그러던 내가 제 손으로 호랑이콩을 자루로 사 오고, 곰팡이 나지 않게 훌훌 널어놓을 줄도 알고, 그리고 깔끔하게 껍질을 까 조금씩 나눠 냉동에 보관을 다 할줄 알다니. 혈압 걱정만 조금 하셨고 살 빼신다고 운동도 열심히 하시던 엄마가 갑자기 큰 병을 얻어 일 년 꼬박 투병 생활을 하시다 하늘의 부름을 받고 떠나셨다. 그럴 줄 알았으면 공기 좋은 시골에 모시고 가서 오래오래 인생 이야기하다 보내드릴 것을, 독한 약과 병원살이가 얼마나 힘이 드셨을까 싶어 마음이 아프다. 그래도 자식 된 입장에서야 어떻게 해서든 낫게 해 드리고 싶어 첨단 의학의 힘을 구하지 않을 수도 없었다.

엄마, 요즘은 백세 시대라는데 왜 그리 빨리 가셨어요? 우리 딸 중학교 갈 때까진 봐주시겠다고 약속하고선. 나 영국 유학 갔을 땐 너무 보고 싶어 누가 '은경이 잘 있느냐'고 물을 때마다 서럽게 눈물이 났다고 하셨죠? 자식이 부모 생각하는 마음은 아무리 키워도 부모 맘 따라가질 못해.

대학 졸업하고 직장 생활을 하면서 나는 잘난 척하느라 엄마를 '어머니'라 불렀다. 그러다 엄마 아프신 그날부터 나는 다시 '엄마'라고 부르기 시작했다. 내 엄마.

엄마 떠나시던 한여름에 부엌 바닥에 두 다리 펴고 퍼질러 앉아 엄마 생각하며 콩 껍질을 까고 있다. 껍질을 다 까 놓으니 한 일 년 먹을 것 같다. 그리운 엄마의 추억을 일 년치 또 간직한다.

기억은 사라져도 사랑은 남는다

오늘 아침에도 단체 대화방에 '치매를 예방하는 방법'이라고 작성된 글을 받았다. 친구들을 만나고, 건강한 음식을 먹고, 운동을 하고, 외국어를 공부하거나, 악기를 배우라고 한다. 블루베리를 챙겨 먹고, 햇볕을 쬐며 하루 만 보를 걷고, 좋은 글을 필사하고, 퍼즐 맞추기를 하라고 한다. '치매 예방'이 일반적인 건강 관리법과 큰 차이 없는 뻔한 이야기라 이젠 시큰둥하지만, 점점 나이 들어가는 요즘엔 한 번 더 눈길이 가기도 한다.

비슷한 또래의 모임에 갔더니, 뇌 건강을 위해서 먹고 있는 어려운 이름의 약을 공유하기 위해 정보를 검색하고, 받아쓰고, 주문하느라 수선을 피웠다. 그런가 하면 지인 한 사람은 최근 파킨슨병을 진단받아 약을 먹고 있다고 소식을 전해 왔다. 부모님 세대가 앓던 알츠하이머, 치매, 파킨슨 같은 뇌 질환들이 이제 시간적으로나 공간적으로 먼 곳의 이야기가 아니라, 구체적이고 가깝고 뚜렷한 두려움으로 다가오고 있다.

그렇다면 과연 상식적으로 알려진 치매 예방법이 전부 옳은 것일까? 치매와 알츠하이머병을 앓게 된 사람은 친구들과 교류하지 않았고, 언어 공부를 하지 않았고, 건강한 음식을 먹지 않았고, 악기를 연주하지 않아서라는 이야기인가?

최근에 본 두 개의 영화, 〈스틸 앨리스〉와 〈아무르〉는 최고의 지성인도, 인텔리 예술가도 뇌 질환을 앓을 수 있고, 그로 인해 평온한 삶이 뿌리째 흔들리는 인생을 살 수 있다는 걸 보여주고 있다. 영화는 질병으로 인해 달라지는 가족의 모습을 보여주며, 인간의 정체성과 관계, 사랑의 방식을 묻는다. 몸과 정신이 더 이상 예전 같지 않다면, 이제 그는 혹은 그녀는 여전히 그인가? 여전히 대학교수이고, 사랑하는 아내이고 자랑스러운 엄마인가?

〈스틸 앨리스〉는 알츠하이머병에 걸린 자기 할머니를 모티프로 쓴 리사 제노바의 동명의 첫 소설을 영화로 만든 것이다. 하버드대 언어학자였던 앨리스 교수가 조기 알츠하이머병 진단을 받고 서서히 단어를 잊어가는 모습이 나온다. 추앙받는 교수로 연단에 서서 하던 대중 강연 중에 갑자기 할 말을 잊고, 날마다 운동하며 달리던 길에서 방향을 잃어버리는 자신을 발견하고 당황하는 모습들이 얼마나 충격적이었는지 모른다. 말과 글을 업으로 삼고 살아온 사람이 언어를 잃는다는 것은 어떤 절망일까. 앨리스는 점점 낯선 사람처럼 되는 자신의 얼굴을, 자신의 문장을, 자기 학문의 세계를 바라본다. 그리고 무너진다. 영화를 보는 관객의 가슴 깊은 곳에 무거운 돌 하나를 던진 느낌이었다.

아무리 외국어 공부를 하고, 평생 책을 읽고, 기록하고, 강연을 하는 사람에게도 찾아올 수 있는 병이라면 이른바 '치매 예방법'이라며 돌아다니는 정보가 다 무슨 소용이란 말인가.

나도 이제 60대 중반이다. 아직은 누군가의 이름을 부를 수 있고, 어제 읽은 책의 구절을 기억할 수 있다. 하지만 언제까지일까. 간혹 입안에서 뱅뱅 돌고 있는 누군가의 이름을 기억해 내려고 애쓰고, 방금 하려던 말을 잊고 멍하니 있는 나를 발견할 때면 나도 모르게 두려움이 밀려온다.

<아무르>는 또 다른 방식으로 아픔을 느끼게 한 영화였다. 평생 지적인 삶을 살아온 은퇴한 음악가 노부부가 주인공인데, 아내는 뇌졸중으로 쓰러진 후 점차 병세가 악화하고, 남편은 그 모든 변화를 묵묵히 감당하며 헌신적으로 아내를 돌본다. 말 대신 손짓으로, 눈빛으로, 한숨으로 이어지는 그들의 시간은 참혹했다. 남편은 사랑으로 간호했지만, 아픈 아내에게는 자신이 무너져가는 모습이 잔인했고, 삶은 점점 피폐해졌다. 고통 가운데에서 남편은 결국 극단적인 결정을 내린다. 그들에게 그 마무리는 사랑과 존엄을 지키기 위한 숭고한 선택이었다. 평단은 이 작품을 '가장 진실되고 용기 있는 사랑 이야기'라고 평가하기도 한다.

치매는 더 이상 낯선 병이 아니다. <스틸 앨리스>의 원작자인 리사 제노바는 강연에서 이렇게 말했다. "85세 노인 중 둘에 하나는 알츠하이머병에 걸려 있다. 당신은 아니었으면 좋겠다고? 그렇다면 당신은 그를 돌보는 보호자로 살고 있을 것이다."

그녀의 말처럼 우리 사회는 점점 '1인 환자, 1인 간병인' 체계로 향하고 있다. 누군가 병에 걸리면 그 옆의 누군가는 일상을 멈추고 간병한다는 이야기다. 내가 아는 어르신 한 분은 아내가 치매에 걸리자 자신이 손수 풀타임 간병인을 자청했다. 남들에게는 "아내가 다른 사람 손길을 좋아하지 않아서"라고 말하지만, 사실은 남편 스스로가 아픈 아내를 남의 손에 맡기고 싶지 않은 솔직한 마음에서였다. 그러나 시간이 지날수록 새벽부터 시작되는 한 집안의 모든 살림과 아픈 아내를 돌보는 일이 그에게 신체적으로, 감정적으로 고되기 짝이 없는 일이 되고 말았다. 돌봄이 사랑의 다른 이름이라고는 하지만, 그분에겐 삶이 너무 가혹했다. 가족만의 몫으로 떠안기에는, 치매로 인한 고통은 너무도 크고 무겁다.

치매에 관해 평화로운 기억이 내게 있다. 이름 석 자를 대면 알만한 변호사 한 분은 오래전부터 인지 장애를 앓았다. 존경스러운 것은 그의 아내였다. 아내는 사람들이 많이 모이는 행사에 늘 그 남편을 모시고 참석했다. 한 바퀴 행사장을 돌 때마다 그 변호사는 처음 만난 사람처럼 밝은 얼굴로 아까 했던 인사를 또 했다. "오랜만이에요. 그동안 잘 지내셨어요?"

아내는 그 옆에서 평화로운 얼굴로 아무렇지도 않게 설명했다. "이 이가 좀 아파서요."

아내는 남편을 데리고 바둑을 두러 가기도 했고, 평소처럼 사회활동을 활발히 했다. 그들을 아는 많은 사람이 변호사님이 질환을 앓고 있다는 것을 알게 되었고, 아내의 훌륭함을 입을 모아 말하며 존경했다. 그 부부에게는 치매가 더 이상 몹쓸 병이 아니라, 삶에서 생긴 여러 가지 가능성 중의 하나였고, 흐르는 물처럼 그렇게 삶을 살아냈다.

이 부부의 경우처럼 이 병이 모든 것을 앗아가는 것은 아니다. 영화 〈스틸 앨리스〉에서 기억을 잃은 앨리스 교수가 딸의 낭독에 눈시울을 붉히던 장면처럼, 감정은 남는다. 얼굴이나 이름, 기억은 잃어도, 감정은 오래 남는다는 말이다. 영화 〈아무르〉에서 남편이 아내를 씻기고 먹이며 말없이 지켜보던 장면처럼, 사랑은 남는다. 기억이 지워져도, 감정은 가슴 어딘가에 남아 우리를 사람답게 한다.

스스로 묻는다. 훗날 나의 사랑은 어떻게 될까? 내가 사랑한 이들은, 나를 어떻게 기억할까? 그리고 내 곁에 누가 남아 있을까? 이런 기록이 나중에 어떤 의미를 가지고 남을까? 내가 이 세상에 없을 때, 나의 딸이 이 글을 읽는다면, 엄마의 시간을 돌이켜 공감해 줄 수 있을까? 혹시라도 언젠가 내가 나를 잊게 된다면, 나는 이 기록을 마치 남이 써놓은 소설을 읽듯이 한 사람의 지난 시간을 그림 그리듯 읽고 상상할 수 있지 않을까?

답은 없다. 다만 지금 사랑할 수 있을 때 사랑하고, 기억할 수 있을 때 기억하며, 기록할 수 있을 때 기록하며 잊지 말아야겠다고 다짐할 뿐이다.

김지수 작가의 인터뷰집《의젓한 사람들》에 인용된 신경 과학자 리사 제노바 인터뷰를 다시 보았다. 그녀가 쓴《기억의 뇌과학》이라는 책을 통해 작가는 간단하지만 평범한 조언을 하고 있다. 알츠하이머병의 발병 우려를 현저히 낮출 수 있는 신약은 바로 잠이라는 약이라며 이렇게 말했다.

"밤에 7~9시간 잠을 푹 자고, 뇌 건강에 좋은 건강한 음식을 먹고, 매일 운동하고, 만성 스트레스에 대한 반응성을 낮춰주는 명상을 하세요. 계속해서 새로운 걸 배우고 새로운 경험을 하고 새로운 사람을 만나는 일과 같은 평생 학습을 해야 합니다. 과거로 플래시백하는 것을 멈추고 현재에 머무르는 연습, 지금 이 순간에 몰두하는 연습을 하세요."

물론 그러고도 병이 찾아오는 것을 막을 수는 없을 것이다. 리사 제노바는 알츠하이머병 환자 27명을 만나며 깨달았다고 한다. 인간의 감정과 유대감은 질병이 파괴할 수 없다는 것, 병의 후기에 접어든 사람도 여전히 사랑, 외로움, 기쁨, 슬픔, 분노, 평온함 등 인간의 모든 다양한 감정을 느끼더라는 것이다.

"알츠하이머병을 진단받았다고 해도 삶은 계속됩니다. 기억이 없어도 우리는 서로 사랑하고 사랑받고 있다는 걸 느낄 수 있어요. 아버지가 치매에 걸려 당신이 한 말을 기억하지 못한다고 해도, 당신이 그에게 전한 감정은 기억하실 겁니다."

치매는 끝이 아니다. 그것은 또 다른 삶의 방식이며, 사랑을 증명하는 시간이다. 언젠가 내가 누군가를 간병하게 되든 누군가의 간병을 받게 되든, 나는 이 글을 떠올릴 것이다. 기억이 지워진다 해도 사랑은 남는다. 그 한 가지 진실만으로도 우리는 살아갈 이유가 충분하다.

기억이 지워진다 해도
사랑은 남는다.
그 한 가지 진실만으로도
우리는 살아갈 이유가 충분하다.

고향이라는 작은 선물

그리 못 갈 곳도 아니었다. 그런데 거의 40년 만에 처음, 어려서 살던 동네를 찾아오게 되었다. 내 엄마 아버지가 살아 계시던 곳, 우리 어린 4남매가 뛰어놀던 집 앞 놀이터가 보인다.

어느 날, 특강이 있어서 강연장 주소를 입력하고 찾아가고 있었다. 그런데 근처로 갈수록 낯익은 곳이 나왔다. 맞아, 여기 큰길로 나와 건널목을 건너면 옛날 동사무소 가는 길인데…. 아니나 다를까 확인해 보니 거기가 까치 터널 근처가 맞다고 했다. 화곡동은 내가 초등학교 5학년부터 아나운서가 되어서까지 살던 동네였다.

아버지는 화곡동에다 커다란 이층집을 지으려고 계획하

셨다. 집을 짓는 동안 인부들의 간식 준비는 어머니 몫이었다. 아직도 기억에 남는 것은 엄마가 커다란 알루미늄 냄비에 라면을 끓여 하루가 멀다 하고 아저씨들의 간식을 준비해 가던 모습이다. 빵도 한 자루씩 가져가야 인부 여럿의 새참이 되었다. 집짓기는 꽤 여러 달이 걸렸다. 한여름엔 공사를 쉬는 날도 많았다. 마침내 집이 완공되었다. 유난스럽게도 지붕이 영어 알파벳 V자로 되어 있는 큰 이층집이어서 동네에서 유명해졌다. 시장에서 외상을 지고도 브이자 불란서 집이라면 통했고, 물건 배달을 할 때도 불란서 집이라고 하면 번지수도 골목 설명도 필요하지 않았다.

아버지가 그 집을 지은 이유는 막내 고모가 시집갈 때 번듯한 집에서 결혼을 시키고 싶어서였다고 들었다. 어머니는 돌아가시고 늙고 힘없어지신 아버지를 모시고 사는, 집안의 장남 우리 아버지는 그 집을 짓기 위해 재정적으로 큰 무리를 했던 것 같다. 아버지의 희망대로 우리 막내 고모는 남부럽지 않게 시집을 갔고, 이후 재정적인 해결을 위해 엄마 아버지는 어린 우리가 다 알지 못하는 압박을 받으셨던 것 같다.

겨울이 다 끝나갈 즈음, 아버지는 출근하시던 길에 심근경색으로 세상을 떠나셨다. 집 문제와 아버지의 죽음이 서로 무슨 관계가 있다고 하기는 어렵겠지만, 갑작스러운 아버지와의 이별은 흐린 겨울만큼이나 어둡고 추운 기억이 되었다. 큰 집을 빼앗기고 나서, 책임감 투철한 엄마는 강인한 여인이 되어 그 동네 국민주택으로 두 번 옮겨 다니며 네 아이들을 건사했다.

강연이 끝나고 동생에게 우리 살던 옛집 주소를 물어보아 내비게이션에 입력했다. 언덕길을 오르고 내리기를 하다 보니 옛 동네 모습이 그대로 오버랩되었다. 이렇게 좁은 길이었나? 여긴 개천이 있었는데 덮어버렸네. 예전 살던 국민주택은 다 헐리고 그 위에 5층짜리 서민 빌라들이 들어서 있었다. 드디어 V자 지붕 불란서 이층집이 있었던 곳 근처로 차를 몰아 왔다. 낯선 집과 가게들이 너무나 많이 들어서서, 도저히 눈으로 확인할 수가 없었다. 차를 세우고 내려섰다. 이 골목 저 골목으로 뛰다시피 오가며 오래된 기억을 찾아내려 했다. 새 주소로 명패를 단 집들도 있었지만, 옛날 지번을 그대로 붙이고 있는 몇 집이 있어 가까스로 옛 기억을 살려볼 수도 있을 것 같았다. 그러나 결국 내 집이 있었던 정확한 자리는 확인하지 못하고 한동안 길 잃은 어린아이처럼 멍하니 길 한 가운데 서 있었다. 정말 땅의 기운이라는 게 있나 보다. 평소에 옛집이 그립거나 어린 시절 추억에 목말라하진 않았었는데, 정작 옛적에 살던 집 동네에 오니 가슴이 두근거렸다.

고등학교가 있던 효자동을 찾았을 때도 같은 기분이었다. 지금은 목동으로 이사 와 번듯한 새 건물을 지어 후배들이 공부하고 있지만, 몇 번을 방문했어도 사실 내 학교라는 느낌은 들지 않았다. 내가 다니던 진명여고는 효자동에 있던 학교였다. 유명한 삼일당이라는 강당이 있었고, 근처에 경복고등학교가 있어서 경복궁 담장을 따라 걷는 통학길은 많은 이야기가 생겨나는 곳이었다. 운동장이 얼마나 작은지, 100미터 달리기 길이가 나오지 않아 구부러진 트랙으로 달려야 했던 자그마한 교정이었지만, 그곳에서 발레 군무도 하고 우리 진명여고의 대표적인 행사인 보수연도 하였다. 몇 년 전 그곳을 찾았을 때, 예전의 학교 자리는 간데없고 기념 바위 하나가 흐릿한 기억을 살려내 줄 뿐이었으나, 그곳을 지나며 나는 열일곱 소녀가 되어 뛰는 심장을 가라앉혀야 했다. 효자동 땅의 기운은 그곳에서 내가 꿈꾸었고, 내가 자랐고, 내가 제일 예뻤을 때였다고 저절로 기억하게 해주었다.

화곡동 작은 골목을 몇 번이나 오고 가다 보니 목이 말랐다. 근처 카페로 들어섰다. 음료를 주문하며 물었다.

"여기서 언제부터 영업하셨어요?"

"지난 4월부터요. 왜 그러세요?"

"아… 예전에 여기 살았던 사람이에요. 그런데 너무 많이 변해서…."

다행히 카페 주인은 그 예전이 언제였느냐고 묻지는 않았다. 다행히 나는 '40년 전'이었다고 대답하지 않아도 되었다.

나의 영국 엄마, 루이스 할머니

먼저 살다 간 여성의 삶은 나중을 살아가는 여성에게 많은 것을 생각하게 한다. 그 사는 모습에서 존경과 감탄을 자아내고, 취할 것과 버릴 것 또한 많이 느끼게 한다. 내게 가장 많은 영향을 준 사람은 물론 나의 친정엄마이고, 두 번째로는 우리 4남매를 키워주신 외할머니다. 나는 외할머니의 인생과 친정엄마의 삶을 보고 배우며 살아왔고, 때로는 노력해도 따라갈 수 없을 만큼 헌신적이고 강인한 그분들의 모습을 기억하고 추억한다.

또 한 사람, 나의 기억에 많은 부분을 차지한 여성은 내가 영국에서 공부할 때 묵었던 하숙집 주인 할머니다. 내가 방송 12년 차에 유학을 간 1992년에 루이스 할머니는

70대 중반이었다. 할머니는 두 아들을 출가시키고 혼자 오래된 2층 테라스 하우스에서 살고 계셨다. 그곳은 원래 B&B Bed and Breakfast로, 유학 오는 학생들에게 단기간 아침 식사와 숙소를 제공하는 곳이었다. 나는 영국문화원의 추천으로 일주일 동안 그곳에 머물렀다. 일주일 내내 장기간 머물 거처를 찾아 헤맸지만, 적당한 곳을 찾지 못했다. 매일 저녁 지쳐서 돌아오는 나를 보고 주인인 루이스 할머니는 제안을 하셨다. 1층 본채의 뒤쪽에 붙어 있는 플랫 Flat 에서 하숙하면 어떻겠냐고. 그곳은 본채와 통하는 복도의 문만 잠그면 독채로 쓸 수 있었고 작은 응접실, 침실, 주방, 욕실 등이 갖추어져 있었다. 주방 문을 열고 나가면 뒷마당도 있었다. 기숙사비의 두 배 가까이 비쌌지만 안전하고 독립적인 생활이 가능한 그곳에 나는 짐을 풀기로 했다.

그렇게 해서 루이스 할머니와의 영국 생활이 시작됐고, 할머니는 나의 두 번째 엄마가 되었다. 혼자서 식사를 챙기며 공부하는 내가 딱했던지 어느 날 할머니는 저녁 식사를 같이하자며 초대하셨다. 영국 웨일스 지방엔 양고기가 흔했다. 양고기 램숄더를 오븐에 굽고, 감자, 완두콩, 브로콜리 삶은 것을 옆에 놓고, 고기가 익으면서 나온 육즙에 밀가루를 넣고 끓여 그레이비를 만들어 고기와 채소 위에 뿌린 요리를 만들어 주셨다. 다 먹고 나면 후식은 밀크티에 초콜릿 쿠키를 내어주셨다. 단것을 후식으로 먹어야 소화가 된다고 하시며.

그렇게 몇 차례 저녁 식사 초대가 있고 나서 어느 날 할머니는 어렵사리 말을 꺼내셨다.

"내가 이렇게 계속 저녁을 해주고는 싶은데, 비용이 드니 계속 무료로 할 수는 없다. 네가 공부하느라 요리할 시간이 없을 테니, 요리는 내가 하고, 채소는 무료로 하되 고깃값만 1파운드씩 내면 어떻겠냐?"

곧장 대답할 수가 없을 만큼 무척 당혹스러웠다. 내가 부탁한 것이 아니고 할머니가 선의로 나를 초대한 데다 사실 할머니와 식사하면 나는 시간을 더 빼앗기는 상황이었다. 그래도 준비할 때부터 부엌에 가서 좀 거들어야 하고, 먹고 나면 디저트까지 함께해야 하고, 설거지도 좀 거들어야 했다. 나 혼자서 먹을 때는 간단히 먹고 다시 공부에 집중할 수 있지만, 할머니와 식사하면 많은 시간을 소비하게 되는 셈이다. 할머니는 어찌나 말씀이 많으신지 노인의 말 상대가 되어드리는 걸로 치면 나는 돈을 받고 놀아드려야 할 판이었다. 유학생이었으니 시간이 금 아닌가.

그들의 경제 관념에 놀라 그저 알았다고 하고 1파운드씩 계산해서 저녁을 함께 먹었지만, 마음은 계속 불편했다. 이후 나는 내 생각을 고쳤다. 할머니의 생각이 너무나 당연했고, 선의, 호의, 인정이라는 단어로 계산이 불분명한 내 한국식 사고방식에 좀 더 정확성을 기해야겠다고 마음먹었다. 그러나 2년 이상을 그 집에서 머물면서 점차 할머니와 나는 내 것 네 것 없이 친한 사이가 되었다. 저녁 식사는 물론 아침도 같이 먹는 날이 늘었다.

할머니의 아침 식사는 바나나 토스트와 우유를 넣은 블랙티였다. 루이스 할머니는 다리가 퉁퉁 붓는 병이 있어 약을 먹는데, 그 약을 먹어 빠져나가는 미네랄을 보충하려고 의사 지시대로 하루 바나나 한 개를 꼭 드셨다. 바나나 하나가 모두 들어가는 토스트 레시피는 이렇다. 빵 한 쪽을 굽고 버터를 듬뿍 바른다. 그 위에 바나나를 칼로 툭툭 이기듯 얹어 오픈 토스트를 만든다. 그리고 밀크티를 완성하기 위해 먼저 따뜻하게 온도를 맞춘 찻잔에 우유를 붓는다. 그 후 진하게 우려낸 홍차를 살살 부으면서 원하는 농도를 만들어 낸다. 밀크티와 어우러진 바나나 토스트는 지금도 내 추억의 먹거리다. 바나나 토스트를 먹을 때마다 루이스 할머니가 생각난다.

할머니는 오후 1시쯤이면 화려하게 단장하고 나들이에 나선다. 금발을 단정히 빗고, 가장 예쁜 옷을 차려입고, 하이힐을 신고 나선다. 어디로? 바로 빙고 게임을 하러 가는 것이다. 치매를 예방하기 위해서라고 했다. 그래서인지 그녀는 계산도 밝고 기억력도 뛰어났다. 서너 시가 되어서야 집에 돌아오곤 했다.

아무도 할머니의 나이를 모른다. 물으면 늘 "서른두 살"이라고 답했다. 아들들과 손주들 얘기를 들으면 대략 할머니 나이를 짐작할 수 있건만 할머니는 줄곧 서른두 살이라고 했다. 버스를 타고 신분증을 내보이면 차비가 무료인 나이인데, 혹시 운전기사가 매력적인 남성이거나 멋진 남자분이 버스에 타고 있으면 그냥 차비를 내고 내린다고 한다. 재미로, 농담으로 하는 말이라기엔 참 진지했다. 할머니는 정말 서른두 살처럼 살고 계신다는 생각이 들었다.

오후 4시쯤엔 동네 시장에 나간다. 그날 먹을 신선한 채소를 고르고, 고기 요리 재료를 사 들고 집에 들어와 요리를 시작한다. 보통 양고기나 돼지고기를 먹는다. 늦어도 6시 전에 저녁 식사를 모두 마친다. 저녁을 먹고 나면 이층 침실로 올라가 그동안 그곳에 머물던 세계 여러 나라 친구에게 편지를 쓰고 9시 뉴스를 보고 잠자리에 든다. 심플하지만 규칙적이고, 행동 하나하나 자기 삶의 철학을 담고 있다.

한 번 이혼을 한 뒤 예순 살 때 스무 살 연상의 남자와 재혼해 10년을 함께 살았는데, 할아버지가 돌아가신 지 2년이 돼 혼자 지낸다고 하셨다. 혼자지만 쓸쓸한 기색 없이 늘 씩씩하셨다. 나에게도 서른두 살이라고 우기던 할머니와 정이 듬뿍 들 무렵, 할머니는 어느 날 갑자기 머리에 쓰고 있던 금빛 가발을 훌렁 벗어버렸다. 안에 새하얀 할머니의 본 머리카락이 드러났다. 자신은 일흔두 살이라고 말하며, 이제 손녀딸 같은 너에게 가릴 것이 뭐가 있겠냐고 하셨다. 꼿꼿하고 거만하기까지 해 보이던 할머니의 연약한 모습이 보였다. 이후 나는 서툰 솜씨로 할머니의 흰머리를 커트해 드리기도 했다.

처음엔 할머니의 요리를 내가 배우고 먹은 편이었다면, 점차 나의 한국 요리를 할머니가 맛보게 되었다. 그중에서도 이름하여 '코리안 베지터블 누들'은 할머니가 아주 좋아하는 요리가 되었다. 먼저 당근, 양배추, 호박, 가지, 버섯, 양파 등 여러 채소를 큰 팬웍에 볶는다. 채소에서 물이 꽤 배어 나올 때쯤 고추장, 마늘, 생강가루, 소금, 고춧가루, 참기름, 깨소금 등을 섞어 완전 한국식으로 양념을 만든다.

그리고 뜨거운 물만 부으면 되는 중국식 에그누들을 팬에 버터를 두르고 바싹 굽다시피 볶는다. 볶은 국수 위에 먼저 볶아 놓은 채소를 올린다. 채소에서 나온 국물이 어느 정도 흥건한 게 좋다. 할머니는 나의 매콤한 한국 요리를 처음엔 코와 이마에 송골송골 땀을 흘리며 먹었는데, 나중엔 그 얼큰함이 자꾸 생각나는 모양이었다.

어느 날 할머니는 저녁때가 돼도 이층에서 내려올 기적이 없었다. 올라가 보니 몸이 안 좋아 식사도 거르고 누워 있겠다고 하셨다. 나는 베지터블 누들을 만들어 할머니를 불렀다. 잠옷 차림으로 내려오신 할머니는 매운 볶음국수를 드시고는 아픈 게 다 나았다고 웃으며 땀을 닦았다. 한국에 돌아온 후에도 할머니와 편지와 전화로 소식을 나누었다. 우리 딸이 태어나자 해마다 아이 생일이면 어여쁜 드레스를 선물로 보내주셨다.

이제는 이 세상에 안 계신 루이스 할머니. 2년 8개월 동안 머물렀던 할머니 집에서 나는 박사 학위 논문을 완성했고, 우울하고 비 많이 오는 영국 날씨에도 날씬한 몸과 건강한 마음을 유지하고 생존해 돌아올 수 있었다.

루이스 할머니, 고맙습니다.

4부

말과 마음을 정돈하는 삶

축복의 말을 합시다

새해가 되면 오랜만에 가족이 모두 모여 음식을 나누고 덕담을 나눈다. 그런데 말하는 사람의 마음은 덕담인데 듣는 사람의 마음엔 상처가 되는 경우가 허다하다. 취업, 결혼, 승진 같은 이야기들이다. 명절에 이런 종류의 말을 했다간 벌금을 물어야 한다는 이야기까지 돌았다. 10만 원, 20만 원 액수가 올라가다가 올해 나이가 몇이냐, 시집 언제 가냐, 애 하나 더 낳지 않아야 하느냐고 물었다간 백지수표를 써야 하는 지경까지 이른다.

1960년대 말 컴퓨터 공학 교수인 요제프 바이첸바움은 의사들이 환자와 대화하는 것을 보고 간단한 대화 프로그램을 만들었다. 이 프로그램의 이름은 '엘리자Eliza'. 일종의 상담 치료 로봇 같은 것이었다. 그 로봇의 역할은 단지 환자들의 말에 맞장구를 쳐주거나 계속 말을 걸어주는 게 전부였다. 그것도 텍스트만으로 주고받는 대화가 고작이었지만, 환자들의 반응은 폭발적이었고, 눈물까지 흘리며 교감을 나눴다고 한다. 예상치 못한 환자들의 반응에 당황한 요제프는 '엘리자는 사람이 아니라 기계'라고 알려줬지만, 환자들은 그 이후에도 계속 엘리자를 찾았다. 몸과 마음이 지친 환자들에게는 그저 교감을 해주는 것만으로도 충분했던 것이다. 통상 의사들이 하는 일, 즉 아픈 원인이 무엇이고 병이 생기기까지 잘못된 습관을 탓하는 등의 말을 하는 것은 틀린 것은 아니라 해도 따뜻한 감성의 소통은 아니었던 것이다.

그러나 이 프로젝트는 요제프 스스로 중단하고 말았다. 인간의 대화는 기계적인 단어의 나열만으로는 교감을 이룰 수 없다고 판단했기 때문이다. 즉 거짓된 교감에 잠시 의지하는 것을 마치 진짜인 것처럼 생각하는 사람들에게 깊은 우려를 감추지 못했던 것이다.

엘리자를 처음 만난 환자들의 반응과 엘리자를 개발한 요제프의 개발 중단은 많은 것을 시사한다. 첫째, 인간은 아주 단순한 맞장구라고 할지라도 교감을 나눌 수 있는 상대가 있다면 상당한 반응을 한다는 사실이다. 둘째, 교감의 본질은 따뜻한 감성이 배어 있는 축복과 배려라는 인간의 고유한 감정이라는 것이다. 이 두 가지를 함께 묶는다면 이렇게 결론을 내릴 수 있다. '인간의 소통에 있어서 가장 바람직한 말은 축복의 말'이라는 것. 그러나 우리가 사람인 이상 가정에서 혹은 직장에서 교감하는 축복의 말을 잘하기란 여간 힘든 일이 아니다.

롤프 가복의 저서《하루에 한 번 자녀를 축복하라》를 보면 자녀를 사랑하는 방법 중에서 가장 소중한 것이 축복의 말을 해주는 것이라고 한다. 축복의 말이 자녀의 정서와 자존감에 좋다는 것이다. 내가 그 책을 선물 받았을 때는 딸아이를 임신했을 무렵이었다. 나는 그 책의 제목만 보고도 상당한 전율을 느꼈다. 하루에 한 번씩 아이에게 축복의 말을 해준다는 게 생각보다 쉽지 않기 때문이다. '하루에 한 번 매를 들어라'라고 했다면 오히려 쉽게 느껴졌을 것이다.

물론 상대가 잘되기를 바라는 마음으로 싫은 소리를 하고 다그친다고 말하는 사람도 있다. 하지만 사랑의 언어, 축복의 말보다 더 큰 효과를 얻기는 어렵다. 가뜩이나 잘못을 저지른 것에 대한 자괴감을 느끼고 있거나 노력해도 한 계에 부딪혀 힘들어하는 사람에게 잔소리는 더욱 주눅이 들게 할 가능성이 크다.

라틴어로 '축복'은 '베네딕투레Benedicture'라고 한다. '베네'는 '좋다'는 말이고 '딕투레'는 '말하기'라는 뜻이다. 즉 좋은 일을 발표하고 서로 확인한다는 의미이다. 축복이라는 단어는 듣기만 해도 기분이 좋고 마음이 평온해지는 말이다. 축복의 말을 듣는 사람은 정서적으로도 안정감을 느끼며 자존감도 높아지기 마련이다. 말을 하지 못하는 꽃도 자꾸만 예쁘다고 해주면 더 잘 자란다. 하물며 함께 일하고 생활하는 이에게 축복의 말을 해주는 것이 훨씬 더 좋지 않겠는가.

새로운 한 해가 시작되었다. 수많은 새해 인사가 오고 가는 때이다. 상대가 마음 아파할 이야기는 접어두고, 마음속 깊은 곳에서 우러나오는 표현이나 어휘를 사용한 축복의 말이면 충분하다. 진정으로 상대방을 존중하고 축복해 주는 말하기, 진정으로 상대방이 잘되기를 기원하는 인사가 오고 가는 새해가 되면 좋겠다.

무한 긍정의 마음으로 실천하라

아침에 태양이 뜨고 그 해가 지고 밤이 지나면, 또 같은 해가 떠오른다. 그렇게 생각하면 한 해가 가고 새해가 오는 것이 똑같은 날의 반복일 뿐, 무슨 큰 의미가 있을까 싶다. 그러나 묵은해에 하지 못했던 아쉬운 일들, 떼어버리지 못한 나쁜 습관과는 헤어지기로 결심하고, 새해 좋은 일을 실천할 결심New Year's Resolution으로 다시 신발 끈을 묶을 수가 있으니 얼마나 다행스럽고 감사한지 모른다.

올해는 두 가지의 매일 할 일Daily Ritual이 생겼다. 그중 하나는 매일 아침 눈뜨자마자 노트 3페이지에 무작정 글을 쓰는 과제다. 줄리아 캐머런이라는 작가가 쓴 《아티스트 웨이》라는 책에서 제안한 것이다. 12주 동안 자기 자신 안에 있는 창조성, 잠재돼 있는 예술가를 깨워내기 위해 실천하는 과정이다.

12주간 실천할 목표 소제목을 쭈욱 훑어보았다. 동사 부분과 목적어 명사가 눈에 띄었다. 동사는 '회복한다. 되찾는다. 되살린다. 힘쓴다'로 정리된다. 무엇을? '안정감, 정체성, 힘, 개성, 가능성, 풍요로움, 연대감, 의지, 동정심, 자기 보호, 자율성, 신념' 등이다. 12주 동안 내 안에 이러한 것들을 되찾아 내고, 회복한다는 얘기다.

새해 들어 첫날부터 하는 것도 의미가 있지만 조금 일찍 시작해 두면 여유를 가질 수 있을 것 같아 12월 중순부터 시작했다. 마침 아껴 두었던 좋은 노트가 있어 사용하기로 했다. 종이 질이 아주 좋고 내가 좋아하는 가는 선의 노트다. 한 바닥에 자그마치 29줄이다. 쓰는 내용은 딱히 정해진 것이 없다. 방금 깨어난 꿈 이야기를 써도 되고, 오늘 나를 지배하는 걱정이나 복잡한 인간관계, 앞으로 해야 할 일, 하고 싶은 꿈을 써도 된다. 한 후배는 지난날의 후회와 분노가 많이 표출되었다고 하며, 이 노트를 2년여간 쓰다 보니 분노의 독소가 다 빠져나가 버린 느낌이었다고 한다.

내가 무얼 좋아했었는지, 어렸을 땐 뭘 하고 놀았는지,

진짜 지금 무슨 일을 하면 가장 기쁘고 기분 좋을지 그저 펜이 가는 대로 쓰는 것이다. 세 쪽을 쓰고 나면 대략 30분가량 걸린다. 책에서는 20분 정도를 제시하고 있다. 하루도 빠짐없이 쓰는 나의 변화가 기대된다.

또 한 가지 새해 계획은 하루를 마무리하며 저녁 묵상을 하는 것이다. 비아토르 출판사에서 만든 365일용《고요한 저녁 묵상》이란 책을 날마다 읽고 묵상한다. 방학을 맞아 집에 온 딸과 함께 세 식구가 머리를 맞대고, 딸이 읽어주는 묵상집을 들으며 하루를 마무리한다.

이런 시간을 가지려면 가족끼리 언쟁을 한 후이거나, 술을 마시고 취한 상태라면 절대로 할 수 없는 일이다. 방학이 끝나 학교로 돌아간 딸은 날마다 전화로 묵상집을 읽어주고 있고, 시간이 안 맞으면 녹음으로 보내주어 그리운 딸의 목소리를 여러 번 들어볼 수 있는 행운을 선사한다.

사실 저녁에 책 두 페이지를 읽고 묵상하는 것이나, 아침에 일어나 아무 내용이나 세 페이지를 쓰는 것이 그리 부담스러운 것은 아니다. 그러나 위대한 일이란 사소한 일을 매일 꾸준히 하는 것이다. 사소한 일을 매일 실천해 그것이 꾸준히 쌓이면 위대해진다고 말해도 좋을 것 같다.

건강을 위해 짧은 시간 운동을 한다든가, 좋은 음식을 매일 먹는다든가, 외국어 공부를 조금씩 매일 하는 것도 좋은 데일리 리츄얼Daily Ritual이다. 까치발 50회를 하루에 세 번씩 하기, 의자에서 앉았다 일어났다 하기를 10회씩 해보기, 하루에 한 번 이상 좋은 말로 칭찬하기, 하루에 한 번 이웃에게 친절을 베풀기, 모르는 사람에게 미소 짓기 등도 새해 실천할 좋은 결심들이다.

한 가지 걱정스러운 마음에 덧글을 달자면, 새해가 되면 누구나 신발 끈을 새로 매고 열심히 달릴 준비를 하니 다른 사람들의 결심이 내게 응원이 되기도 하지만 때론 더욱 주눅 들게도 한다는 점이다. 나 혼자 뒤처지고, 특별한 계획도 없는 것 같을 땐 더욱 우울하다. 다시 한번 용기를 내어보자. 무한 긍정의 마음으로 실천할 결심을!

위대한 일이란 사소한 일을
매일 꾸준히 하는 것이다.
사소한 일을 매일 실천해
그것이 꾸준히 쌓이면
위대해진다고 말해도 좋을 것 같다.

선생님, 감사합니다

나이가 들어가며 하면 좋은 일 중 하나, 바로 지나간 일기나 메모를 정리하며 나의 모습을 찬찬히 관찰해 보는 것이다. 빛바랜 일기장 속에서 중학교 2학년의 어린 여학생을 만났다.

어느 겨울날 아침, 어디서 전화 한 통을 받은 엄마는 새하얘진 얼굴로 허둥지둥 밖으로 뛰어나가셨다. 무슨 영문인지 소식은 없는데, 그사이 친척들이 집으로 찾아오며 문간부터 통곡하며 들어왔다. '어쩌면 좋으냐, 이제.' '죽은 사람만 불쌍하지.' 무슨 큰일이 일어난 걸 알 것 같았다. 눈물은 나는데 그건 슬픔이 아니라 분노였다.

'죽은 사람이 뭐가 불쌍해. 살아있는 우리가 더 불쌍하

지. 이제 우린 어떡해. 아버지 없는 애들이 되었잖아.'

잿빛 하늘을 쳐다보며 이게 모두 사실이 아니길 바랐다. 기적적으로 아빠가 살아 돌아오시기만을 기도했다. 그러나 아버지는 엄마에게도 우리에게도 작별 인사를 하지 않으셨다. 출근하시던 중에 심근경색이 일어났고, 회사에 도착하기도 전에 세상을 떠나시고 말았다.

나의 유일한 감정 출구는 일기장이었다. 아버지를 잃고 달라진 환경을 바라보아야 하는 예민한 중2의 감정을 모두 기록했다. 졸지에 4남매를 키우며 생계를 책임져야 했던 엄마의 모습이 거기 다 있었다. 맏딸인 내가 엄마를 이해하고 큰 힘이 되어드려야 하는데, 소심하고 예민한 사춘기인 나는 엄마에게 푸근한 말은커녕, 마음에 상처만 되는 소리만 하는 엄마의 기대와는 동떨어진 딸이었다. 그리고 거기서 비롯되는 갈등과 슬픈 감정들이 일기장에 다 들어 있었다.

그런데 어느 날, 상담 겸 사회를 가르치던 선생님이 일기장을 제출하라고 하셨다. '일기를 내라고? 일기란 모름지기 나의 맨얼굴을 그대로 드러낸 '날것'인데, 그걸 선생님께 제출하라고? 어떻게 자신의 모든 감정을 써놓은 일기

장을 선생님께 제출하라는 무지막지한 요구를 하실 수 있어?'

나는 일기를 제출하지 않는 것으로 반항했다. 그런데 며칠 후 선생님은 나를 살살 꼬드겼다. 내용은 절대 안 읽어볼 것이고, 그냥 일기를 쓰고 있는지만 확인한다고 약속하셨다. 그 말씀을 철석같이 믿었다. 선생님은 명문 K대 출신의 인텔리 교사였다. 얼굴이 하얗고 키가 훤칠하게 크신 그분은 창밖을 쳐다보며 가느다란 눈으로 연한 미소를 짓곤했다. 오른팔이 의수여서, 칠판 글씨도 왼손으로 쓰셨다. 진한 청색 옷을 자주 입으셨던 것으로 기억된다. 여름엔 짧은 소매 옷은 입지 못하셨지만, 시스루 천으로 된 블라우스를 입기도 하셨다. 수업 중엔 간혹 왼팔로 오른팔 의수를 잡고 있기도 했고, 그 왼손으로 얌전하고 정갈하게 판서를 하셨다. 수업 중에 간혹 공부를 지독히 열정적으로 했다던 그녀의 학창 시절 이야기도 해주셨는데, 공부 내용보다도 그런 곁가지 이야기가 아이들에게 도전이 되기도 했다.

다음 날, 선생님은 후루룩 일기장을 넘기며 "자 봐, 난 안 봤다. 안 봤어." 하면서 내 일기장을 돌려주셨다. 심통 난 얼굴로 일기장을 받아 들었다. 선생님은 진짜 안 보셨을 거야. 진짜.

그리고 그날 저녁 일기를 쓰려고 펼치는 순간. 나는 너무나 깜짝 놀라 소리를 지를 뻔했다. 선생님의 메시지가 거기 쓰여 있는 것이 아닌가. 그 정갈한 필체로.

"찬미 예수! 은경아, 조용히 읽어 보았다. 어쩜 은경인 선생님이 생각했던 만큼 아름다운 마음을 가지고 살아갈까? 계속 일기책을 하나의 대상으로 삼아 함께 희, 비, 애, 락 하길 부탁하겠고. 그리고 인간은 제 나름대로 열등의식과 자존심을 가지고 살아가게 마련이야. 매사에 긍지를 가지고 행동하고 또 조금은 여유 있는 성격의 소유자가 되어야겠지. 삶의 의의를 찾을 수 있을 만큼은. 아빠 생각하는 것만큼 열심히 공부하고, 엄마 생각하여라."

세상에 이럴 수가! 갑자기 눈물이 터져 나왔다. 엎드려 엉엉 울다가 훌쩍이며 쓰기 시작했다.

"선생님, 감사합니다. 내 맘을 전부 쏟아놓은 일기장이라, 푸념이 가득 쓰인 일기장이라, 아무에게도 보여주고 싶지 않았었습니다. 그러나 지금은 안 그래요. 아주 잘한 것 같고 선생님께 감사하기만 해요. 열등감, 자존심 이젠 다 필요 없어요. 선생님 쓰신 것 처음엔 깜짝 놀랐어요. 읽는 중 눈물이 쑥 나와 얼떨결에 앞에 놓인 화장지를 뜯어 닦아버렸죠. 저도 이제 힘내서 살겠어요. 열심히 공부하고, 엄마한테 효도하고, 마음을 넓히고. 사실, 전 전체 석차를 쓴 종이를 책꽂이 앞에 끼워놓을 정도로 속 좁은 사람이었어요. 열심히, 최선을 다해서 살아 나가겠어요. 그런대로 행복해지겠지요. 동생들도 다 제 나름의 생활이 있을 텐데 다 착한 애들 될 거예요."

선생님은 내 답장을 읽지 못하셨다. 부끄럼 타는 내가 선생님의 코멘트에 대해 그 놀람과 감사를 표현한 적이 없었으니까. 이제야 이야기한다. 정난영 선생님, 정말 감사드립니다.

인간은 제 나름대로 열등의식과
자존심을 가지고 살아가게 마련이야.
매사에 긍지를 가지고 행동하고 또
조금은 여유 있는 성격의 소유자가
되어야겠지.
삶의 의의를 찾을 수 있을 만큼은.

어떻게 인생을 아름답게 살 것인가?

나는 그녀를 아는데 그녀는 나를 알지 못한다. 같은 아파트 19층에 사는 그녀와는 같은 엘리베이터를 사용하고 있어 만날 때마다 인사를 하지만, 그녀는 나를 인지하지 못한다. 그런 자신이 미안해서인지 만날 때마다 말한다.

"아…. 젊고 이쁘다. 난 기억을 잘 못 해."

80대 어르신이 보기에 60대인 나는 무척 젊고 이쁜 나이인가 보다. 내가 그녀에게 음료수를 건넨 적도 있고 단것을 나눈 적도 있다. 그 당시는 "이거 고마워서 어쩌죠?"라고 하셨건만, 다시 만나면 전혀 기억을 못 하시는 눈치다.

내가 그녀를 기억하는 것은 이사 오고 얼마 지나지 않아서부터다. 한 번도 이야기를 나눈 적은 없으나, 행동이 눈에 띠었다. 하얀 머리카락, 크지도 작지도 않은 키에 움직임이 바지런했다. 구내식당 식탁에 앉아 식사하시는 대신 규격 도시락에 그날 식사를 받아 가는 모습으로 미루어 짐작하건대, 아마도 바깥어른께서 거동하지 못하시는 듯했다.

도시락에 배우자의 식사를 받아 가는 사람들은 대략 비슷한 모습을 하고 있다. 가족에게 병이 생긴 지 얼마 되지 않았거나, 그로 인해 마음에 걱정과 근심이 커서 얼굴에 어두운 그림자를 잔뜩 드리우고 다니는 경우가 대부분이다. 그런데 이분은 어둡지도 않고 짜증스러운 기색도 없었다. 그렇다고 남의 일처럼 형식적으로 하는 것도 아니고, 그냥 바지런하게 지금 자신에게 맡겨진 일은 최선을 다해 성실하게 하고 있다는 생각이 들었다.

어느 날 엘리베이터 앞에서 그녀를 또 만났다. 묻지도 않았는데 혼잣말처럼 말하셨다.

"어휴, 할아버지가 가셨어."

넋이 나간 얼굴이었다. 그 후로도 할머니는 여전히 부지런하게 엘리베이터를 타고 위로 아래로 오고 갔다. 더 이상 도시락을 받아 가는 일은 없었다. 그런데 할머니에게 새로운 친구가 생긴 것 같았다. 4층에 내리신다. 어느 땐 엘리베이터 문이 열리며 두 분이 유치원생처럼 "안녕" 하며 헤어지는 모습이 보이기도 했다. 좀 전엔 노란 귤 몇 개를 손에 들고 가시는 걸 보았는데, 이번엔 4층 할머니가 주신 옥수수와 삶은 감자를 들고 나오는 게 보였다.

기억을 잃는다는 것은 유한한 인간의 삶 끝에서 만나는, 슬프지만 저항할 수 없어 결국 끌어안아야 하는 일이다. 2022년 노벨문학상을 받은 프랑스 작가 아니 에르노는 소설 《나는 나의 밤을 떠나지 않는다》에서 치매에 걸린 어머니를 모신 이야기를 고백한다. 그녀의 나이 43세 때 70대 후반인 어머니의 건강이 예전과 다르다는 걸 알았고 어머니를 자신의 집으로 모셔 와 돌봐드리기 시작한다. 그렇지만 그것도 한계가 있음을 알게 되자 요양 병원에 모실 수밖에 없었다. 그리고 매주 그곳을 방문하며 느끼는 공포, 죄책감, 그로 인해 돌아오는 좌절을 아무 종이에다 기록했다.

나날이 피폐해지는 어머니의 모습에서 작가는 자신의 미래를 본다. 어머니의 비참한 모습이 곧 자기 모습이 될 거라는 사실이 그녀를 끊임없이 괴롭혔다.

'이분은 나의 어머니이긴 하지만 더 이상 그녀(어머니) 자신이 아니다.'

'어머니의 모습을 보면 저 모습이 내 것이로구나. 내가 바로 그녀라는 생각이 여지없이 밀착되어 왔다. 어머니가 이렇게 생을 끝맺음한다고 생각하니 통렬한 고통이 밀려든다.'

소설을 읽으며 치매를 앓는 노인의 행동을 일으키는 것은 젊었을 때의 '강박'과 '집착'이라는 생각이 들었다. 벽장 속의 물건들을 모조리 끄집어내 정돈한 다음, 전부 다시 제자리에 넣는 일을 반복하는 노인, 끊임없이 침구 정리를 하는 노인, 공중 전화기 앞에 서서 어디엔가 전화를 걸며 저 건너편에서 답이 오길 기다리는 노인, 참고 살았던 지난날의 그 사람에게 고삐 풀린 것처럼 욕과 비난을 쏟아내는 노인. 도대체 이런 행동은 무엇을 의미하는가?

작가는 '그들의 정신에 부재하는 질서를 외부에서라도 바로잡으려는 생각에서 그러는 것일까?'라고 질문한다. 나는 그것이 '강박'이라고 생각했다. 치매가 무서운 것은 살아온 지난 삶이 그대로 여과 없이 드러날 수도 있기 때문인 것 같다. 억누르고 살며 다행히 통제됐던 감정과 실천하지 못한 행동이, 병으로 말미암아 통제되지 않는 단계에 이르러 고스란히 드러나 버리니 말이다.

3년 동안 요양 병원에 계시던 작가의 어머니는 80세의 나이로 세상을 떠났고, 그동안 어머니를 뵙고 올 때마다 미친 듯이 쪽지에 적어놓았던 슬프고도 처절한 기록을 모아 작가는 이 문병 일기를 소설로 세상에 내놓았다. 작가는 추호도 어머니 곁에 있었던 순간들을 수정해서 옮겨 적고 싶지 않았다고 했다.

최근 지인 두 사람의 어머니가 치매를 만난 뒤 세상을 떠났다. 얼마나 사랑한 어머니였는지 익히 아는지라 함께 가슴이 미어졌다. 세상 어느 어머니가 소중하지 않겠는가. 어머니는 어느 때 떠나셔도 애달픔이 깊고 깊다.

동료 교수의 어머니는 마지막 3년을 딸과 함께 아주 행복한 시간을 보냈다. 치매 상태의 어머니를 집 가까이 모시고 와 온 정성을 다해 건강한 음식을 대접하고, 전국 곳곳 아름다운 곳을 찾아 어머니와 함께했다. 어머니가 떠나신 후 어머니가 좋아하신 산사를 찾아 기와에 이름을 쓰고 복을 빌어드리며 비로소 마음의 무거운 짐을 내려놓았다고 한다.

친정어머니를 집에 모시고 살던 내 고등학교 친구는 어머니의 병이 깊어지자 어쩔 수 없이 요양 병원에 어머니를 모셨다. 한 번씩 엄마를 뵙고 오는 날은 눈물바다가 되는 날이었다. 강인한 여장부이던 어머니의 몸은 연약해졌지만, 그동안 맘속 깊이 담아둔 보드라운 사랑의 말을 남기고 주무시듯 하늘의 부름을 받았다.

마지막이 될 줄 몰랐던 마지막 방문 때에 친구의 어머니는 딸에게 말했다.

"네가 젤 이뻐. 울지 마, 사랑해"라고.

그날 친구는 말했다.

"치매는 아름다운 이별을 낳기도 해. 울 엄마는 나와의 깊은 골을 너무나 아름답고 가슴 저리게 메꾸시고 거기다가 꽃도 한 그루 심어주고 가시려나 봐. 이제껏 살면서 울 엄마 가슴에서 나오는 그렇게 이쁜 말을 들어 본 적이 없어."

언젠가는 떠나는데, 우리는 어느 때 어떤 모습으로 떠나게 될까? 계획한다고 되는 일도 아니지만 기억할 수 있을 때 화해하고, 할 수 있을 때 고운 말을 전해야겠다고 생각하게 됐다.

우리는 모두 다 시한부 인생을 산다. 의사의 시한부 선고가 아니라도 언젠가는 떠날 것이니 우리 모두 시한부 인생이다. 그사이 어떻게 살아야 할 것인가는 선택이다. 오늘 마주 보는 이 시간에 감사하고 언제 떠나도 후회하지 않도록 최선을 다해 하루하루를 살 뿐이다.

너무 집착하지 말고, 강박에 시달리지 않고, 정신을 놓을 지도 모르는 그 순간 자신과 가족을 힘들게 하지 않도록 끝까지 애쓰며 살아갈 뿐이다. 설사 그렇다고 할지라도, 우리 사이의 아름답던 시절을 잊지 않도록 이렇게 오늘을 산다.

기억을 잃는다는 것은
유한한 인간의 삶의 끝에서 만나는,
슬프지만 저항할 수 없어
결국 끌어안아야 하는 일이다.

추억은 눈꽃처럼 날리고

나는 휘파람을 좀 불 줄 안다. 입술을 오므리고 소리를 내면 제법 선명한 소리가 난다. 처음 휘파람을 불기 시작한 건 고등학교 때였다. 고등학교 음악 선생님 한 분이 '해마다 한 명씩 자신의 뮤즈를 선택하고 그 아이를 추앙한다'고 학생들은 말했다. 그것이 사실인지, 아니면 아이들이 그저 지어내 하는 말인지는 모를 일이다. 그런데 나의 친한 친구 하나가 그해 그 선생님의 음악 뮤즈가 되었다. 내 생각엔 그 친구의 고음에 바이브레이션이 아주 심했는데, 선생님은 그 목소리가 세상에 없는 목소리인 것처럼 그 애가 노래를 부를 때마다 감탄하고 감동했다. 그래도 초등학교 때부터 피아노를 배우고, 중학교 땐 합창대회 반주도 해서 음악이라면 꽤 아는 게 있다고 생각했던 나는 주눅이 들고 말았다. 그렇게 노래 부르기에 그만 흥미를 잃었다.

그 이후 남 앞에서 노래하지 않았다. 나는 노래 못하는 사람이라고 말했고, 남들도 다 그렇게 생각했다. 흥겨울 땐 대신 휘파람을 불었다. 처음엔 소리를 내는 데 집중했지만, 일단 소리가 나기 시작하자 언제부터인가는 높고 낮은 선율도 따라 부를 수가 있게 되었다. 하모니카나 오카리나 같은 악기는 음의 높낮이를 소리내기 위해선 정확하게 오르내리는 주법이 있게 마련인데, 휘파람은 그런 게 있는지도 모르겠고 지금도 누가 가르쳐 달라고 해도 알려줄 수가 없다. 그래도 휘파람으로 '엄마가 섬그늘에…'와 같은 동요 리듬도, 차이콥스키 바이올린 협주곡 선율도 따라 부르기도 한다.

지난 추석 연휴 동안 지나간 일기를 버렸다. 1992년부터 영국에서 공부하던 시절의 일기였다. 하도 절절한 기록이어서 못 버리고 이사 갈 때마다 싸 들고 다녔지만 이제 이별해야 할 때가 된 것 같았기 때문이다. 한 장씩 버리며 읽어보니, 그동안 잊고 살았던 이야기가 여러 군데 나온다.

영국 하숙집 주인 할머니는 내게 잔소리가 심했다. "네가 박사 학위를 시작한 이후로 Slave(노예)처럼 공부하고 있는 거 내가 잘 안다. 인생에 무엇이 중하냐, 공부 때려치우고 빨리 집에 가라. 남자 찾아 결혼하고 가정 꾸린 후 나중에 다시 와서 박사 시험 보면 되지 않겠느냐.”

한번은 남동생이 영국에 출장 왔다가 잠시 짬을 내어 나의 하숙집을 방문했다. 누나가 늦은 나이에 공부하는 모습을 보고 가며 동생이 한 말이 기록되어 있었다. “누나, 나중에 묘비명은 ‘인간 승리’라고 써줄게.” 잘난 척을 했군. 서른 중반에 명예와 유명세를 다 버리고 머나먼 나라에서 학위를 받겠다고 고군분투하고 있으니 얼마나 딱했을까. 동생으로서는 누나를 위한 최고의 위로였고, 격려였다.

일기는 마치 그날이 오늘인 것처럼 생생하게 나를 그곳으로 데려갔다. 얼마나 힘이 들었으면 시내 한가운데를 가로지르는 큰 공원을 하염없이 걷다가 뛰다가 했을까. 어느 추운 겨울밤, 하숙집 담벼락에 기대어 앉아 검은 하늘을 올려다보는 내가 있다. 이 하늘을 계속 따라가다 보면 우리 집이 나오는데, 엄마가 있고 동생들이 있는데, 누가 억지로 시킨 것도 아니고, 나의 선택으로 내 발로 공부하러 왔는데 마치 감옥에 갇힌 수인 같은 느낌은 무엇인가. 수없이 그만두고 싶었고, 곧 쓰러질 것 같았다. 그러다가도 이렇게 온 사방에 공부한다고 알리고 왔다가 열매도 없이 돌아가면 많은 사람들의 손가락질 거리가 될 거라고도 생각했다.

이웃집 로코 씨는 시청 수위인데 새벽 5시면 마당으로 난 부엌문을 삐그덕 여는 소리로 하루를 시작한다. 밤을 하얗게 새우고 숙제를 마친 나는 그 문소리와 함께 노트북을 닫고 잠을 청했다. 밤새 무릎까지 얼어붙은 발과 다리를 녹이려면 한참 걸려야 겨우 잠이 들 수 있었다. 영국의 날씨는 가을부터 그렇게 엄혹했다.

이제, 앞날을 알 수 없어 열등했고 소심했던, 열일곱 나를 놓아주어야겠다. 겉으론 자신만만하고 두려울 것 없었던, 그러나 아직도 어리고 여렸던 서른다섯의 나도 놓아주려 한다. 소설 같은 글들을 한 장씩 읽고 찢어 휴지통에 넣다가 손가락이 아파 불현듯 인터넷을 검색했다. 가정용 파쇄기도 있을까? 아, 있다. 우아하게 세단기라고 이름하네. 곧장 주문했다. 이제 아픈 기억보다는 기쁘고 감사한 일만 남기려 한다. 보이지 않는 나의 미래를 그려주시고, 끊임없이 격려하고 응원해 주셨던 선생님들 덕분에 나의 오늘이 있다. 늦은 나이에 시작한, 누가 시키지 않은 도전이었지만, 그 과정을 통해 얻은 지혜와 용기로, 이후 수없이 맞닥

뜨리는 도전과 인생 프로젝트를 너끈히 잘 해결해 오지 않았는가 말이다.

그 시절이 다시 기억나지 않아도 좋다. 눈꽃처럼 부서진 종이와 함께 그저 지나가 좋았노라고만 기억하기로 한다. 덕분에 나는 성장하고 발전했고, 열매 맺는 삶이었으니 그저 이 계절에 감사하기로 한다.

그릿Grit의 때는 가고,
퀫Quit의 시간을 지나며

나는 아직 5월을 맞을 준비가 안 됐는데, 계절은 벌써 라일락과 아카시아의 때로 달려가고 있다. 쏜 화살처럼 시간이 흐른다. 인생은 자기 나이만큼의 속도로 달린다는 말을 피부로 느끼고 있다. 내 삶의 속도는 60km. 요즘 웬만한 시내는 50~60km로 달리니 바쁜 도시 생활만큼 순식간에 시간이 지나가고 있다.

갈수록 빠른 속도로 달리는 인생에 운전자인 나까지 서두르면 사고가 나기 쉬우니 규정 속도를 지키고 정신 차리고 살아야 한다고 스스로에게 단단히 타이른다. 아직도 연락해 오는 곳이 많고, 만날 사람도 너무 많아 운전 중 스마트폰을 꺼내 본다거나, 길 양옆 볼거리에 한눈이라도 팔면 큰 위험이 닥칠 수도 있다.

한때 열정과 인내, 끈기를 찬양하는 그릿Grit이 화두였는데, 최근에는 그만두기의 기술인 큇Quit이 눈길을 끈다. 미국의 저널리스트 줄리아 켈러는 자신의 책《퀴팅: 더 나은 인생을 위한 그만두기의 기술》에서 퀴팅은 새로운 방식으로 인생살이를 생각하는 것이고, 일, 건강, 가족, 행복, 인생 등 소중한 것들을 새로운 맥락에서 결정하는 것이라 말한다.

그동안 강박에 가깝게 열심히 일하면서 독립적이어야 한다고 자신을 밀어붙이던 이들에게 기꺼이 그만두면 삶의 가능성은 확장될 수 있다고 격려하고 있다. 지금 붙잡고 있는 것을 놓아버리더라도 자신에게 또 다른 기회가 많을 거라는 나쁘지 않은 꼬드김 같다. 그만두기가 결코 실패나 낙오가 아니라 '영리함, 민첩성, 유연성'이라고 위로한다.

내 인생의 '퀴팅' 순간을 떠올려보았다. 청년들에게 강연할 때 자주 나누는 나의 경험담이다. 실패담일 수도 있으나, 결국은 성공 스토리다. 나는 살면서 꽉 잡고 있던 줄을 손에서 탁 놓아버린 사건(?)이 몇 번 있었다. 대학 시절, 내 인생에 연극 말고 의미 있는 일은 없다고 철저하게 믿으며 간절하게 울면서 엄마를 설득해 기성 극단 배우로 무대에 서려던 일이 있었다. 그렇게 어렵게 허락을 받아놓았는데 극단 측에서 갑자기 내 배역을 바꿔버렸다. 화려하게 주연으로 데뷔하기 직전인데 조연을 맡기다니. 나는 간절하게 붙잡고 있던 연극배우의 줄을 순간 놓아버리고 말았다. 아마 계속 연극을 했으면 아나운서가 되진 못했을 것이다.

졸업 후 아나운서가 되어 12년 동안 화려한 시절을 열정으로 불태웠다. 그러다 또 한 번 붙잡고 있던 줄을 놓았던 '그만두기'가 있었다. 아나운서로서 최고의 꽃이라 여긴 뉴스 앵커 자리를 미련 없이 떠난 일이다. 박사 학위를 위해 갔던 영국 유학을 마무리하기 위해서였다. 박수 칠 때 떠나라는 말대로 가장 화려한 자리에 있을 때 유학을 갔고, 학위를 마치기 위해 방송국에 사직서를 냈다. 물론 그 덕에 박사 학위를 받았고, 이후 대학교수가 될 수 있었다. 후학을 지도하고 학문을 연구하는 또 다른 의미 있는 삶을 살았지만, 그 줄은 유독 팽팽했고 나는 또다시 지쳐갔다. 남들은 정년이 지나서도 어떻게든 교수직에 오래 머물려 한다는데, 나는 은퇴를 2년 앞두고 잡은 줄을 놓아버렸다. 정년까지 견디면 번아웃으로 인생 3막을 열어갈 기력조차 없어질 것 같았다.

그런데 가만 돌아보니, 내가 인생의 한 막을 연기할 때마다 그렇게 고단했던 건 그 줄을 '너무 꽉' 잡고 있었기 때문이란 생각에 이르렀다. 그 줄은 두꺼운 동아줄 같아서 힘겹게 부여잡고 지내는 동안 얼마나 긴장해야 했던지, 한순간도 한눈을 팔 수 없었다. 줄을 잡고 버티는 팔과 어깨가 아팠고, 손가락도 부어올랐다. 연극을 할 땐 인생에 의미 있는 게 연극밖에 없는 것처럼 올인했고, 딸이 밤늦도록 연극 연습한다고 돌아다니는 게 못마땅해 반대하시는 엄마와 대치해 울고불고 난리를 피웠다. 방송할 때도 내 삶은 온통 뉴스와 앵커, 아나운서의 일로만 가득 찼다. 저녁 뉴스를 하니 누구와 편안히 저녁 식사를 한 적이 없을 뿐 아니라, 휴가 간다고 자리를 떠날 엄두도 못 냈고, 아파도 병원에 입원하지 못했다. 가족이나 친구들은 그런 나를 너그럽게 이해해 주었지만, 가까운 사람들의 경조사도 못 챙겨 사람 노릇을 못 했다. 이 모든 게 다 무얼 하나 시작하면 지나치게 몰두해 앞뒤를 가리지 못하는 나의 성품 탓인 것만 같다.

'여섯 작가의 인생 분투기'라는 부제가 붙은 《나의 왼발》

은 독서 선동가 김미옥 작가가 이끌고 박지음 작가가 기획
해 나온 책이다. 작가들이 스스로 마음을 열고 입을 열어
말하지 않았다면 아무도 모를 일을 그들은 용기를 내 책
에 담아냈다. 누구는 출생 때부터 실패라는 소리를 듣고 자
랐고, 가정 폭력으로 두들겨 맞았다. 누구는 이단 종교에
빠진 아버지를 겪었고, 형제의 죽음을 보았다. 누구는 심한
학교 폭력에 시달렸고, 20년 동안 무명작가로 살았다. 누
구는 딸이라고, 여성이라고, 엄마라고, 정당한 기회를 얻지
못했다.

그래도 그들은 책에 묻혔고, 시를 쓰고 소설을 지었다.
책이 사람을 살렸고, 학폭을 이겨냈고, 어린 학폭 피해자를
살리는 출중한 어른이 되었다. 글을 쓰는 작가인데도, 원고
청탁이 전혀 없는 자신에게 스스로 원고 청탁서 이메일을
보내고 일 년에 백 편씩 글을 써나갔다.

여섯 작가의 맨살 같은 상처 이야기는 더 이상 실패도
좌절도 아픔도 아니었다. 프랑스 국가 〈라 마르세예즈La
Marseillaise〉에서 "전진! 전진!" 하고 부르짖는 소리 같기도
하고, 무인도에서 삶을 이어 나가는 로빈슨 크루소의 모험
담을 읽을 때 느낀 격려의 메시지 같기도 했다. 살다 보면
넘어질 때가 있다. 넘어지는 게 무서운 게 아니라 잘 넘어

지는 게 중요하다. 팔이 부러지지 않도록, 머리가 부서지지 않도록 낙법을 잘 연구하고 익히는 게 인생의 지혜다. 더 중요한 건 다시 일어나는 일이다.

60km의 속도로 인생을 달리고 있는 요즈음, 나는 굵고 거친 동아줄을 힘껏 잡고 있던 때도 삶이고, 그 줄을 탁 놓아버리는 때도 인생이라는 생각을 한다. '그릿'도 '퀴팅'도 성공과 실패의 때라고 함부로 단정 지을 수 없는 일이다.

인생의 여러 장면에서 내가 열연했던 아름다운 작업이 그릿을 장착한 때였다면, 아쉬웠으나 그럴 수밖에 없었고 그러나 참 잘한 결정들이 퀴팅의 전술이 아니었나 싶다.

60km의 속도로

인생을 달리고 있는 요즈음, 나는

굵고 거친 동아줄을

힘껏 잡고 있던 때도 삶이고,

그 줄을 탁 놓아버리는 때도

인생이라는 생각을 한다.

부서져도 결국 회복하는 순간이 있다

나의 딸은 새해를 시작하면서 '세상에 태어나 한 번도 안 해본 일에 도전하고 싶다'고 말했다. 뉴욕에서 법을 공부하고 있으면서 스페인어 연극의 연출 보조를 해보기도 하고, 복싱을 시작했고, 달리기를 더 오래, 더 길게 하고 있다. 겨울의 끝에는 보스턴으로 가서 임윤찬의 연주를 보기도 했다. 여름부터는 일본어를 조금씩 시작하고 있고, 묵상집을 읽고 녹음해 부모님에게 보내준다.

딸에게 도전받아 나도 세상에 태어나 한 번도 안 해본 일에 도전해 보려 마음을 먹었다. 줄리아 캐머런의 책《아티스트 웨이》에서 제안한 대로 모닝 페이지를 쓰고 있다. 매일 아침 하루에 세 페이지씩 쓴다. 그날 내 안의 생각, 떠오르는 영감, 불편함, 꿈 이야기, 계획, 염려, 걱정, 분노까지도 쓴다. 아무에게도 보여주지 않는 글이니 솔직하고 정직하게 내 안의 것을 꺼내놓는 감정의 분출구 역할을 한다. 그러면서 내 안에 살고 있는 어린 크리에이터를 발견하고 키워보려 하고 있다.

또 한 가지 도전은 한 해 한가운데서 시작했다. 언어 공부 앱을 통해 프랑스어를 독학으로 익히고 있다. 하루 15분 정도만 쓰면 되는 일이라 마음은 가볍고, 특히 좋은 점은 특별한 목적이 없이 시작했다는 것이다. 시험도 없고, 자격증을 딸 필요도, 여행을 가서 말하려는 목적도 없이 공부하기 때문에 부담이 눈곱만큼도 없다. 단지 하루도 빠짐없이 '날마다' 해야 하는 것이 조건이다.

한 문구 회사에서 주최하는 경필 대회에 응모한 적도 있다. 제시하는 문구를 손 글씨로 써서 보내는 것. 결과는 1차 낙방. 합격자를 확인하기 위해 회사 홈페이지에 들어가 합격자 리스트에 내 이름이 있는지 확인하다 빙그레 웃음이 나왔다. 이 나이에 손 글씨를 써서 대회에 응해보다니. 그리고 그 결과가 궁금해 이렇게 찾아보고 있다니. '내 글씨가 어때서 1차에 낙방을 하나? 내가 명필은 아니라도 달필인데.' 하고 투덜댔지만, 그래도 태어나 한 번도 안 해 본 일을 해봤다는 점에서 지극히 칭찬할 일이었다. 딸에게 보고했더니, '엄마도 참…' 한다. 가까이 있었으면 머리라도 쓰다듬어 줄 것 같은 말투였다. 끊임없이 도전하는 엄마가 기특한 모양이다.

세상에 태어나 한 번도 받아본 적이 없는 교통카드도 받았다. 65세 생애 전환점에 들어선 것이다. 지하철을 탈 때 빨간 불이 들어오는 이 카드를 사용하기가 민망하면 그냥 유료 이용카드를 쓸지도 모른다. 그러나 이제 비로소 어른의 나이로 들어선 책임감과 더불어, 나이 듦도 누리고 싶은 여유가 생겼다.

그런데 교통카드를 받은 다음 날, 세상 태어나 한 번도 해본 적이 없는 일을 또 하나 저지르고 말았다. 평소 무척 조심스러운 편인데, 집안에서 그만 낙상을 하고 만 것이다. 베란다에서 시원한 과일 몇 개를 집어 나오는 순간이었다.

TV에서는 큰 소리로 9시 뉴스가 나오고 있었다. 70대 여성 세 명이 목욕탕에서 감전돼 목숨을 잃었다는 비극적인 소식이었다. '저런 저런, 세상에 어떻게 그럴 수가 있어. 너무 슬퍼…' 하는 순간, 시선은 TV 화면을 향하고 있어

바닥에 있던 물건을 미처 보지 못했다. 걸려 휘청하며 넘어지고 말았다. 정말 순식간이었다. 넘어지며 왼쪽 무릎에 온 체중이 다 실렸다. 눈물이 찔끔 나왔다. 급히 얼음찜질을 했지만, 얼마나 아픈지 한참을 움직이지 못했다. 그래도 이러다 낫겠거니 싶어 파스를 붙이고 절뚝이며 미련하게 사흘을 보냈다. 결국 응급실로 가 엑스레이, CT를 찍고 무릎뼈 골절, 연골 파열, 석고붕대 한 달 판정을 받았다. 거짓말같이 믿을 수 없는 날들을 보냈다. 그동안 그렇게 조심하며 살았는데, 어떻게 다리 하나를 허벅지부터 발목까지 무거운 석고붕대로 묶고 절뚝이며 살 수 있단 말인가.

아주 불편하고 우울한 3주가 지나고, 드디어 석고 깁스를 열었다. 전동 톱으로 양쪽을 잘라 풀어내니 3주 동안 빛을 못 본 가느다랗고 새파란 내 왼쪽 다리가 빛 가운데 드러났다. 많이 허약해졌지만, 앞으로 이를 만회하기 위해 새로운 도전을 해야 할 시간이 왔다. 그런데 엑스레이 사진을 보니 골절된 뼈끝에 동그란 작은 돌기가 생겨난 게 보였다. 뼈 스스로 회복의 제스처를 시작한 것이다.

바로 이것이다. 내가 찾던 교훈. 깨지고 부서져도 회복되는 순간이 반드시 온다는 것이다.

한 번 부러졌던 곳은 더 강해져 다시는 부러지지 않는다는 이야기를 들은 기억이 난다. 우리 인생도 좌절과 고난이 오지만, 우리에겐 회복의 능력과 재생의 의지가 장착되어 있다는 것을 다시 한번 확인한다.

다리 부상으로 우울한 새해를 맞았지만, 소중한 교훈으로 인생의 밝은 면을 바라보게 됐다. 새해 나의 도전은 이제 단순 명료하다. 재활을 위해 더 열심히 건강에 정성을 쏟아보는 것. 이 또한 세상에 태어나 한 번도 안 해본 일에 도전하는 것 아닌가.

깨지고 부서져도 회복되는 순간이
반드시 온다는 것이다.

샘터에서 에세이집을 내기로 했다고 하니 남편이 제목을 하나 추천해 주었습니다.

'살며 생각하며'.

나쁘진 않은데, 너무 고색창연하고 특징이 없는 것 같아 결국 채택되지는 못했지만 사실 이 책은 제가 살며 생각하며, 누에가 실을 뽑아 고치를 짜듯 쓴 글입니다. 신문에 기고할 글을 쓰느라 한 달 내내 이 궁리 저 궁리하다가 마감 날짜가 다가오면 시험 전날 당일치기 공부하는 학생처럼 막판 달리기를 하는 저를 늘 보아왔던 터라 남편이 아주 적절한 제목을 제안한 거지요.

*

글을 쓸 궁리는 여러 가지 모양이었습니다. 나이 듦에 대한 책을 읽고, 신문 기사를 읽고, 주변에 지혜롭게 살고 있는 시니어들을 관찰하고, 그들의 말에 귀를 기울였습니다. 배우고 싶은 삶의 지혜를 간직한 현명한 분들을 만나면 그 기억을 보물처럼 잘 갈무리해 두어야겠다고 생각했습니다.

13년 전 정기 연재 칼럼 기고 요청을 받았을 땐, '이렇게 젊은 내가 왜 노년 신문에 글을….' 하며 헛된 만용을 부리던 저도 어느새 그 시니어 대열에 들게 되었네요.

*

남편의 생일에 맞춰 책이 나오게 되어 기쁩니다. 아빠 생일과 같은 날 세상에 나오라고 그렇게 소원했건만, 일주일 늦게 세상에 나오느라 엄마를 고생시킨 나의 딸에게도 함께 생일 선물로 책을 보여주게 되어 기쁩니다.

진작부터 추천사를 써주시겠다고 약속하며 저를 격려해주신 김지수 작가와 박산호 작가에게 특별한 감사를 드립니다.

조용하고 차분하게, 꼼꼼하고 섬세하게 글을 선택하고, 순서를 정하고, 모양을 갖추어 주신 이은주 과장님을 비롯한 샘터 편집부와 김성구 대표님께 감사드립니다.

귀한 지면을 허락해 주셔서 제 글을 실어주신 〈백세시대〉 신문과 〈디멘시아뉴스〉에도 감사드립니다.

*

그리고 마지막으로 또 한 분, 샘터의 설립자이신 우암 김재순 전 국회의장님께 감사드립니다.

1987년, KBS 9시 뉴스 주중 공동 앵커로 뉴스를 전하던 저는 독립하여, 주말 메인 앵커로 승격했습니다. 여성이 처음으로 '안녕하십니까?' 하며 단독으로 뉴스를 전한다고 여러 미디어가 주요 뉴스로 다루었습니다. 일본의 요미우리 신문도 국제뉴스 지면 머리기사로 한국의 단독 여성 앵커 기사를 실었습니다.

그즈음, 우암 선생님께서 직접 신문 기사를 오리고, 축하의 메시지를 써서 보내주셨습니다. 어린 뉴스 앵커였던 저를 격려하시기 위해 친필로 적어주신 그 응원의 메시지가 제게 얼마나 큰 영광이었는지 모릅니다.

"동봉하는 일본 신문에 대문짝만큼 난 것을 보니 반가와서 이처럼 오려서 보낸다오. 앵커 우먼으로서 대성하기 바라오. 엄마의 친구, 그리고 그의 남편 김재순."

그 샘터에서 책을 내게 되어 기쁘고 영광입니다. 우암 선생님께서 이번에도 하늘에서 기쁜 응원의 메시지를 보내주시리라 믿습니다.

2026년 3월
햇살 가득한 용인 소나무 숲에서
신은경

나는 이렇게 나이 들기로 했다

1판 1쇄 인쇄 2026년 3월 20일
1판 1쇄 발행 2026년 4월 6일

지은이 신은경

펴낸이 김성구
기획제작이사 김지용

책임편집 이은주
디자인 이아름

콘텐츠본부 고혁 양지하 류다경 한재원 김윤미 김초록 이영민
마케팅부 송영우 김지희 강소희
제작 어찬
관리 안웅기 이종관 홍성준

펴낸곳 ㈜샘터사
등록 2001년 10월 15일 제1－2923호
주소 서울시 종로구 창경궁로35길 26 2층 (03076)
전화 1877-8941 | 팩스 02-3672-1873
이메일 book@isamtoh.com | 홈페이지 www.isamtoh.com

© 신은경, 2026, Printed in Korea.

ISBN 978-89-464-2329-9 03810

- 값은 뒤표지에 있습니다.
- 잘못 만들어진 책은 구입처에서 교환해 드립니다.

샘터 1% 나눔실천
샘터는 모든 책 인세의 1%를 '샘물통장' 기금으로 조성하여 매년 소외된
이웃에게 기부하고 있습니다. 2024년까지 약 1억 1,650만 원을 기부하였으며,
앞으로도 샘터는 책을 통해 1% 나눔실천을 계속할 것입니다.